近代日本漢籍影印叢書1

平賀中南

春秋集箋

翻刻・解題　野間文史

研文出版

刊行の辞

研究代表者　町　泉寿郎

二松學舍大学私立大学戦略的研究基盤形成支援事業（略称ＳＲＦ）「近代日本の「知」の形成と漢学」の研究成果公開の一環として、ここに「近代日本漢籍影印叢書」を発刊することとなった。

明治一〇年開校の漢学塾を起源とする二松學舍大学では、これまで日本漢学の研究と教育によって建学の精神の闡明化をはかってきた。平成一六～二〇年度には二一世紀ＣＯＥプログラム「日本漢文学研究の世界的拠点の構築」を推進し、日本漢文資料のデータベース化、若手研究者の養成、国際的ネットワークの構築、漢文教育の振興を柱として活動を展開した。前近代日本において、書記言語としての漢文と、それを通して学ぶ知識（漢学）が極めて重要な意義を持っていたことに鑑み、漢文を通して日本の学術文化を通時的に捉え直そうとする研究プロジェクトであった。八つの研究班を組織し、その成果としては倉石武四郎氏の日本漢学に関する講義録や江戸明治期の漢学と漢詩文の書目等によって当該研究領域の輪郭を示すとともに、雅楽や漢方医学に関する資料集、朝鮮実学に関する論文集、古漢語語法と漢文訓読に関する概説書、三島中洲研究会の報告書、二松漢文と銘打った漢文テキスト等によって、多様な広がりを明示しようとした。

現在のＳＲＦはその後継事業であり、我々の一貫した研究姿勢は、「日本学としての漢文研究」である。今回の研究プロジェクトでは、西暦一八〇〇年頃から現在に至る近二〇〇年に対象を絞り、「学術研究班」「教学研究班」「近代文学研究班」「東アジア研究班」の四つの班を組織して研究を推進している。

一般に、漢学は一九世紀を通して洋学に席を譲って衰退したと考えられているが、実際には近代教育制度の整備とともに、学術面では中国学・東洋学に脱皮し、教学面では漢文が国語と並んで言語と道徳に関する教学として再編されて今日に至っており、更にこの学術教学体制が東アジア諸国にも影響を及ぼしてきた歴史がある。幕末開国以来、今日まで続くグローバル化の渦中にあって、日本の近代化は一定の成功をおさめたが、同時に何度もの挫折を経験した。近代日本の歩みと共に漢学もまた正負両面を持つが、今こそその両方を見据えた研究を東アジア各国の研究者と十分な連携をとりつつ進める必要がある。

我々は、漢学が再編された過程を、経時的、多角的に考察することにより、漢学から日本および東アジアの近代化の特色や問題点を探っていきたい。また、多角的で広範な視点に立つために、地域ごとの特性や個別の人物・書籍・事象に関する、具体的できめ細やかな視点を保持していきたいと考えている。

目下、「近代日本漢籍影印叢書」「近代日本漢学資料叢書」「講座　近代日本と漢学」等を計画し、順次刊行していく予定である。我々のささやかな試みが上記の抱負を網羅することは到底不可能であるが、これらの刊行物が、一九～二〇世紀の交に成立し今日に至る日本・中国等に関する人文系諸分野の学術のあり方を相対化する一助となること、また東洋と西洋の接触のあり方について材料を提供できること、そして何よりも日本漢学が魅力ある研究分野であることを一人でも多くの方に知ってもらうきっかけとなることを願って、刊行の辞とする。

平成二八年八月六日

目次

凡例

一　本書は平賀中南『春秋集箋』巻三十四・三十五の影印と、巻三十四「經傳折衷首巻」の翻刻文・訓読文並びに解題である。

二　『春秋集箋』巻三十四・三十五は「廣幡家殿藏版」として安永四年（一七七五）に「發行書舗文錦堂　京二条通　林伊兵衛」（いずれも見返し）が刊行したものである。大本二冊。表紙、縦27.5センチ横19.9。匡郭、縦20.3横14.0。影印は原寸である。

三　影印の底本には三原市立中央図書館の所蔵本（わ050—115）を用いた。澤井常四郎氏旧蔵本（櫻山文庫）である。

四　翻刻文は、原典通り正字体を用いたが、原典には無い句読点や引用符号「　」等を施している。また「校紀」を附して原文を改めたところがある。

五　訓読文は正字体・歴史的仮名遣いを用い、ルビも歴史的仮名遣いを用いた。訳者の補注等は〔　〕内に施している。

春秋集箋巻三十四　影印

秋集箋
折衷一

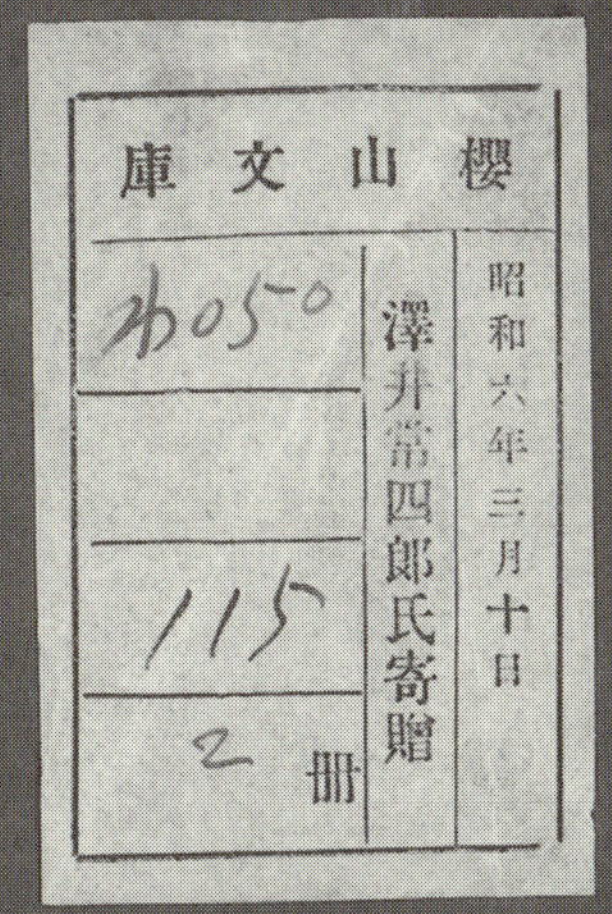

春秋集箋卷三十四

皇和　安藝　平賀晉民房父　著

經傳折衷首卷

春秋

賈逵云春秋取法陰陽之中春爲陽中萬物以生秋爲陰中萬物以成欲使人君動作不失中也

劉熙云春秋者春秋冬夏終而成歲春秋書人事卒歲而完備

春秋溫凉中象政和也故舉以爲名也

賀道養云春貴陽之始也秋取陰之初

杜預云史之所記必表年以首事年有四時故錯舉以爲所記之名也

物茂卿云春秋朝聘之名莊子可證管仲節春秋可證晉霸主以乘賦爲史名楚仇眡諸夏以比檮杌古時命名質樸可見已杜氏乃以錯舉四時爲解古豈有之哉

折衷曰春秋名義賈劉等自是漢儒之言非古矣杜氏錯舉之解實古樸不可易也史豈但朝聘也物氏之說非也管仲之節春秋亦錯舉之稱也晉乘楚檮杌是戰國命名而春秋之時皆亦稱春秋夫春秋魯史記之名也周時自王朝以及諸侯之邦莫不有史也而左史紀事右史紀言於今可見者尚書春秋是也蓋周公輔成王經營天下禮樂刑政悉備矣旁修立史乘之法褒善貶惡以勸醒後人伯禽親受於周公而用之魯故春秋之大經大法周魯一也韓宣子適魯見易

象與魯春秋曰周禮盡在魯矣吾乃今知周公之德與周之所以王不其然乎故傳曰其善志也又曰非聖人孰能修之謂周公也杜氏其意謂修字不可屬周公故以爲孔子之事而其善志也不得不屬周公故曰周德既衰官失其守上之人不能使春秋昭明赴告策書諸所記註多違舊章仲尼因魯史策書成文考其眞僞而志其典禮上以遵周公之遺制下以明將來之法其敎之所存文之所害則刋而正之以示勸戒然則孔子特爲正魯史而作爲小矣哉孔子而其然乎且夫春秋魯國之書而非廣及天下者也孔子匹夫私改易之以正魯國雖復聖也人孰容之是知杜氏之非也然猶以爲魯之春秋所以度越後儒也後儒徒知爲孔子之春秋而

不知爲魯之春秋也可勝論邪故春秋魯國之史而其義則周公之大經大法也而孔子表章之以行於世是以後世並四教爲六經以爲儒者之守業然先王之道與教在詩書禮樂故孔子之傳先王之道於後世亦唯在詩書禮樂已春秋非施於後世者也何則春秋之文簡約讀之惘然不知爲何義必經傳授而後可言焉故教於後世孔子決不然也七十子以後奉儒者以經孔子之手並四術及易爲六藝也古六藝謂禮樂射御書數可見非古矣然則春秋爲何而出乎曰孔子表之及當時天下欲勸善懲惡一依禮義也其義見於孟子曰王者迹熄而詩亡詩亡然後春秋作蓋周成康以後雖不及先王之聖猶能守道天下之民爲文武所化皆能止

於禮義苟有過歌咏諷誦乃以戒懼及禮樂解紐風化漸衰遂至東遷於是風俗大壞至如有大併小彊侵弱臣子弑君父雖有禮樂爲虛文其曷顧諷諫孔子之時人情世態一日漓於一日孔子以道爲己任傷其滔滔不可返故作春秋以戒之隱公與東遷畧相接故春秋始隱公是孔子之意也此之謂王者迹熄而詩亡詩亡然後春秋作也胡安國不知此義而曰邶鄘而下多春秋時詩也而謂詩亡然後春秋作何也自黍離降爲國風天下無復有雅而王者之詩亡矣可謂愚論也或曰春秋之簡約在當時恐亦難曉其義如何曰在當時記載詳備天下咸見之故望春秋可知其義也韓宣子一見歎美之即是也雖魯春秋唯此而已時人亦不能知其

義必附記載行之而後春秋之義彰矣此聖人之教之術也
物茂卿謂魯春秋卽左氏之書是也孔子抄出之示大義猶
如史記年表通鑑目錄也左書中如書不書故曰之類是後
人之傳會也若然則春秋何用爲無書不書故曰等則後世
何以通春秋可謂不通之論也丘明世仕魯司左史春秋之
法以其官守固所熟知也夫子之春秋出恐後世不知爲何
物焉故輯會諸國之記載徵其事實又附注凡例及書曰故
曰等之言以示其法號之曰春秋左氏傳於是周公之大經
大法燦然而明仲尼之勸善懲惡使人止於禮義之意赫然
而彰矣後世無禮之時資於周孔之義者左氏實爲之也可
謂其功萬世賴之矣豈可不尊崇邪若無左傳則春秋於何

著乎故非駁之者不能舍左氏而言春秋焉雖然非知道者則不能知春秋不知春秋則何知左氏之莫尚焉夫亂道者孟子爲始爲勸世作矯誣之言春秋特甚矣公穀本其義則丘竊取之矣之言襲左氏而加例以其臆言其義自言出自子夏矣後儒信之而不信其義媿左氏爲三傳併皆廢之亦本孟子之言恣言其義夫先王之道仁也不言仁而言義其義亦非先王之義也不知仁不知禮唯以責人爲務故有貶而無褒且論人苛刻矣豈聖人雍容遜讓之意邪蓋聖道亡而申韓商鞅之法浸潤于後世以致然也既不知道安知春秋乎故不知道則不能知左氏焉不知左氏則不能知春秋焉且春秋之時人情世態名物度數左氏歷歷足窺聖人之

世故不知左氏則知先王之道亦難矣故通春秋也左氏無
餘蘊矣

孟子曰王者之迹熄而詩亡詩亡然後春秋作

折衷曰孟子之言春秋唯此相傳正說而非孟子以意言之
者矣

又曰晉之乘楚之檮杌魯之春秋一也

折衷曰葉適云諸侯之爲日存君側以其善行以其惡戒此
晉人之言春秋也教之春秋而爲之聳善而抑惡焉以戒勸
其心此楚人之言春秋也韓宣子所見孔子所修左氏所傳
此魯之春秋也然則晉謂之乘楚謂之檮杌當是戰國時妄
立名字上世之史固皆名春秋矣此說是矣稱韓宣子所見

曰魯春秋夫曰魯春秋則他國亦有春秋之稱必矣
又曰其事則齊桓晉文其文則史孔子曰其義則丘竊取之矣
折衷曰其義則丘竊取之矣孟子妄設爲之辭也孟子務張王道而宗孔子而春秋孔子之作而其事則齊桓晉文故難於其解也故以其義則丘竊取之矣文之此勸世之辭雖孟子知其誣而後世儒者以孟子之言爲春秋之定論雖其人之不知春秋哉孟子之罪也
又曰世衰道微邪說暴行有作臣弑其君者有之子殺其父者有之孔子懼作春秋春秋天子之事也是故孔子曰知我者其惟春秋乎罪我者其惟春秋乎
折衷曰世衰至作春秋卽王者之迹熄而詩亡詩亡然後春

秋作之意曰天子之事也此孟子之誣辭後世苛刻之解甚至爲孔子刑書未嘗不由孟子之言也孔子爲使人止於禮義表章春秋以示勸戒何有知我罪我之歎邪蓋孟子方戰國道亡之時唱王道而勸於世於是歷詆當時諸侯卿大夫上及桓文管晏是故獲罪於世者孟子也乃託孔子而自解也凡孟子一部所談之道多是釋氏所謂方便也在孟子不得已之事也後儒以爲正說亦不知孟子者也

又曰孔子成春秋而亂臣賊子懼

折衷曰使亂臣賊子懼是夫子之意也而不懼若懼何有戰國也而孟子言之者蓋當時諸侯殊惡者亂臣賊子也故投其好搆造此言以誘引我道也後儒難其解以誅心之說夫

雖心懼而身爲亂賊何益

莊子曰春秋經世先王之志也聖人議而不辯

又曰春秋道名分

折衷曰聖人指孔子也蓋七十子沒而道裂各以意言之觀禮記家語孟子等書而可見矣故當時解經皆非先王孔子之旨莊子何知之但以世俗之言言之耳

董仲舒曰孔子知言之不用道之不行也是非二百四十二年之中以爲天下儀表

折衷曰孔子以言之不用道之不行故傳六經董氏以爲專傳春秋且春秋爲孔子作則將置周公於何地乎孔子何不別著書而託春秋邪董氏不知春秋何知孔子

司馬遷曰夫子作春秋筆則筆削則削子夏之徒不能贊一辭
折衷曰春秋魯史之成文也有乖於周公之法或筆削之若
曰事事以意筆削之則孔子豈有此僭事乎孔子既不能贊
一辭何況子夏之徒乎戰國儒者以春秋爲孔子所自作此
過尊孔子欲歸重而不知實傷孔子也從是之後皆爲孔子
之春秋豈足言之邪

春秋演孔圖曰獲麟而作春秋九月書成
折衷曰後世據緯書曰孔子感麟作春秋其意謂麟王者之
瑞而出非其時孔子有聖德而不用故感麟而作春秋也夫
麟王者之瑞也今無王者出而行其道麟瑞無應故感之絶
筆於獲麟或有之然孔子之作春秋也爲王者之迹熄而詩

亡作之以示勸懲也孔子豈若小人憤不遇時感麟而作之邪左氏之經終於孔丘卒公穀終於獲麟公穀之經出于左氏有其徵焉夫孔子之作而無可書孔丘卒之理故公羊據緯書以獲麟終之穀梁從之今按左氏哀公以下文章大異決非丘明之筆古人亦有定論矣由此觀之則孔子之經亦止于定公焉蓋哀公以當世避之理當然也後之史官以尊孔子補經傳至孔丘卒也而其孔丘卒非魯史正文史官加之也其旨甚較著矣則獲麟非孔子之書矣緯書公穀不之知妄爲感麟而作春秋之說也秦漢之傳鑿往往如斯不足異也

孝經鈎命決曰孔子在庶德無所施功無所就志在春秋行在

孝經以春秋屬商孝經屬參

折衷曰此取孟子之春秋天子之事也其義則丘竊取之矣傳會爲此言也夫孔子之所志先王之道也先王之道豈翅春秋而已邪春秋其緒餘耳其行則禮樂也孝在其中矣道豈盡於春秋與孝經邪孔子而志行止於此則足爲孔子乎後儒概不信緯書特取此語說春秋何也

程頤曰後世以史視春秋謂褒善貶惡而已至如經世之大法則不知也春秋大義數十其義雖大炳如日星乃易見也

折衷曰春秋者史也而周公立大經大法勸戒後世君臣是以不過褒善貶惡而已故曰書不法後嗣何觀又曰夫諸侯之會其德刑禮義無國不記記姦之位君盟替矣作而不記

非盛德也不其然乎孔子表章之不過使世人勸善懲惡止於禮義之正矣故其義周孔一也而程氏曰經世之大法是據莊子字面與孟子天子之事也又本其義則丘竊取之矣其意謂魯春秋史也孔子春秋別有義在矣此其所以不知春秋也所以不知春秋者不知先王之道也既不知道則義非其義故所解春秋之言皆郢書而燕說耳

又曰三王之法各是一王之法春秋之法乃百王不易之通法也聖人以謂三王不可復回且慮後世聖人之不作也故作此一書以遺惠後人使後之作者不必德若湯武亦足以啓三代之治也

折衷曰孔子作百王不易之法何不別著書而因魯史簡奥

難通之書立之法乎夫子則不然矣宋儒不勝苛刻果如其所言則聖人過申商遠甚矣夫唐虞以來雖有損益其所道詩書禮樂也孔子傳於後世亦唯是已豈別有百王不易之法哉夫先王之道陶鈞之術也後儒本於人人之身此後儒所以不知道也夫人人治道雖堯舜之世所不能也胡安國務述程義不能言治天下之義其所言者唯責人與復讎耳可見宋儒之說春秋無益於王法焉以今觀程氏之言一見乃知其違義戾理而蠧世尊崇之者何居氣習之所使也亦知學問貴論世也夫春秋戰國漢六朝唐宋各有其風俗就中春秋之風聖世之流蕩者也推而上之足窺熈暭之俗而反之六經聖人之道炳如日星也余故曰不通春秋左氏則

知先王之道亦難矣

李楠曰春秋之不可以凡例拘猶易之不可泥於象數也

朱熹曰聖人作春秋不過直書其事善惡自見

折衷曰春秋高簡舍凡例則不能言其義也而後儒能言之然其本由凡例畧通其義而後縱横言之而上無所受獨以己臆爲是非傲然曰凡例不可拘或曰三傳亂春秋而其說皆鑿空理竄其義深文苛刻以責人爲事故有孫復曰春秋有貶而無褒甚乃邵雍曰春秋孔子之刑書也程顥曰五經之有春秋猶法律之有斷例簸弄聖經至若斯啖助趙匡爲嚆矢程頤孫復其翻楚也夫自七十子没無一人之知道故無一人之知春秋也宋儒之所道乃浮屠之術也而假儒名

其所談不過大學中庸故無大損於詩書禮樂至春秋則傷害之特甚矣故春秋之亂賊當屬此輩也夫不知道則不能知春秋知道者蓋鮮矣可嘆哉獨劉安世曰讀春秋者以爲公穀左氏三家皆不可信而吾於數千載後獨得聖人之微意嗚呼其誣先儒後世之罪大矣劉氏在垩汚之中爲此卓絶之言可謂涅而不緇甚可崇尚也亦唯不知道故不知春秋豈不惜乎

項安世曰說者謂春秋書其罪於策以示萬世故亂臣賊子懼焉非也夫名之善惡足以懲勸中人非亂臣賊子之所畏也彼父與君且不顧又何名之顧哉且弑逆之罪夫人知之非必孔子書之而後明也莽卓操昭之罪不經孔子之筆而閭巷小人

至今知其爲亂臣賊子也謂一書生操筆書之而能生其懼心者此眞小兒童之見也曰然則孟子之言非與曰春秋之法謹名分防幾微重兵權惡世卿禁外交嚴閨閫是一統非二政凡所謂杜賊亂於未然者其理無不具也誅賊亂於已然者其法無不擧也此義一明亂臣賊子環六合而無所容其身此春秋之所以作而姦雄之所以懼也

劉克莊曰春秋作而亂臣賊子何以懼曰事未形而誅心誅意所以懼也夫子身爲匹夫假二百四十二年南面之權與亂賊何以異乎然則春秋天子之事何也曰所謂天子之事者夫子以敬王爲心故春秋所紀皆尊君抑臣尊王抑覇尊內抑外書書此也諱諱此也故曰知我罪我其惟春秋

呂大圭曰春秋魯史爾聖人從而修之魯史之所書聖人亦書之其事未嘗與魯史異也而其義則異矣世之盛也天理明人心正則天下之人以是非爲榮辱世之衰也天理不明人心不正則天下之人以榮辱爲是非孔子之作春秋要亦明是非之理以詔天下來世而已蓋是非者人心之公理聖人因而明之則固有犂然當於人心者彼亂臣賊子聞之不懼於身而懼於心不懼於明而懼於暗不懼於刀鋸斧鉞之臨而懼於倏然自省之際不懼於人欲浸淫日滋之際而懼於天理一髮未亡之時此其扶天理遏人欲之功顧不大矣乎

折衷曰後儒尊孟子如聖人不能易其一語欲以亂臣賊子懼之言說春秋而夫子沒後風俗日漓至戰國禮樂掃地雖

有春秋哉不成用也故各以己臆搆成理窟言之雖更數十百家累千言萬語大抵不出三家之域故特表之夫三家者既不知孟子安知春秋哉項安世始論春秋不足使亂臣賊子懼正是理當然孰得而易之然在後世則然若三代則不然也夫先王以禮樂被天下天下之民化之孔子之時其道未墜於地而在人雖詩亡也春秋猶可以勸懲焉故夫子之意豈專在亂臣賊子乎使天下之人止於禮義之正也天下止於禮義則豈有亂臣賊子乎此即仁也壹遂云孔子之時上無明君下不得任用故作春秋垂空文以斷禮義可謂能知春秋也蘇軾云孔子因魯史爲春秋一斷以禮亦非無所見也雖然滔滔不返道遂滅盡矣夫子不能如之何已不然

則夫子之春秋爲無用長物矣後儒不知道故不知春秋故項安世云春秋之法謹名分防幾微重兵權惡世卿禁外交嚴閨閫是一統非二政也夫先王之禮事爲之制曲爲之防依禮則自無是等事舍禮而制之申韓商鞅之法而非所先王之爲敎也孔子曰道之以政齊之以刑民免而無耻夫民無耻則何能懼況亂臣賊子乎又曰道之以德齊之以禮有耻且格夫耻且格者非靡然偃之謂邪其未然之理具已然之法擧亂賊無所容身者自我言之也亂賊顧之乎劉克莊誅心誅意之說亦然假令誅心意不能誅其身使天下亂則春秋果何益也呂大圭天理明人心正之論此則先王禮樂之敎也故樂記明說天理人欲而言禮樂以治性情離禮樂

而言之宋儒空論而無實者也故不能一人曰我既人欲淨
盡天理流行也呂氏又以是非觀春秋不但呂氏也後儒皆
然夫春秋高大廣遠豈在是非哉宋儒汨沒是非海裡悲哉
何知春秋也後儒又以尊君抑臣尊王抑覇尊內抑外爲春
秋之事此春秋一端也夫君臣內外各有禮今舍禮以抑尊
言之亦是申韓商鞅之徒也且夫先王之道仁也故雖臣弑
君而君無道於民則顯君罪而掩臣此春秋之義也
黄仲炎曰春秋者聖人教戒天下之書非褒貶之書也何謂教
所書之法是也何謂戒所書之事是也法聖人所定也故謂之
教事衰亂之迹也爲戒而已矣彼三傳者不知其紀事皆以爲
戒也而曰有褒貶焉凡春秋書人書名或去氏或去族者貶惡

其書爵書字或稱族或稱氏者褒善也甚者如日月地名之或書或不書則皆指曰是褒貶所繫也質諸此而彼礙證諸前而後違或事同而爵異書或罪大而族氏不削於是褒貶之例窮矣例窮而無以通之則曲爲之解焉專門師授襲陋仍訛由漢以來見謂明經者不勝衆多然大抵爭辨於褒貶之異究詰於類例之疑滓重煙深莫之澄掃而春秋之大義隱矣自大義既隱而或者厭焉不知歸咎於傳業之失而曰聖人固爾也故劉知幾有虛美隱惡之謗王安石有斷爛朝報之毀遂使聖人修經之志更千數百載而弗獲伸於世豈不悲哉故曰春秋者聖人教戒天下之書非褒貶之書也

折衷曰春秋者聖人教戒天下之書非褒貶之書也者則固

也聖人因得失之迹而褒貶之以示教戒黄氏所謂所書之法卽褒貶也夫舍褒貶則於何見法故褒貶者春秋之凖繩也無凖繩而求法於巳心自是後世理學者之見周孔豈有此事邪郝敬云春秋一書千古不决之疑案也非春秋可疑世儒疑之也春秋幾同射覆矣如朱熹說是非果公則一人操筆是非乃定何爲至今紛擾莫歸於一乎可見舍褒貶之無法矣黄氏以教屬法以事屬戒此何意也春秋旣無法則只事而巳只事而巳則二十一史皆聖人之春秋也故春秋之法褒貶也舍褒貶而說春秋者皆無知妄作也其褒貶者書人書名去氏去族者貶也書爵書字稱族稱氏者褒也其例左氏詳言之故取春秋之法於左氏無所不足亦無餘焉

質諸此而無礙諸彼證諸前而無違諸後其事同而爵異書
罪大而族氏不削者亦有事宜之存能讀春秋左氏者知之
後儒覺有礙違者不合於己權衡與為公穀所惑也春秋無
日月例以日月為例公穀也公穀後世之偽撰余別有論則
褒貶其曷窮之有後世舍褒貶而求於己心者不能不取義
於書爵去族等於是舍褒貶之事窮矣凡從事性理者諱道
人之善其意謂凡自唐虞至今人之為人者堯舜禹湯文武
周孔顏曾思孟程朱與己已此皆全心之德見理明而公也
其他未復於初不能無氣質之累雖有善皆私也故孔子之
春秋有貶而無褒我朱夫子通鑑綱目亦是也此傲然蔑視
宇宙豈非私邪天地聖人之仁豈如此哉以是心看春秋所

以不知也噫

又曰昔之善論春秋者惟孟軻氏莊周氏爲近之軻之說曰孔子作春秋而亂臣賊子懼是以戒言也周之說曰春秋以道名分是以教言也斯二者庶幾孔子之志也夫人之所以異於禽獸者以其有道也如是而君臣如是而父子如是而長幼男女親疎内外之差等不齊也叙此者爲禮順此者爲樂理此者爲政防此者爲刑堯舜三王之治皆是物也時乎衰周王政不行物情放肆於是紊其叙乖其順廢其理決其防而天下蕩然矣孔子有憂之而無位以行其志不得已而即吾父母國之史以明之陳覆轍所以懼後車也遏人變所以返天常也

折衷曰以亂臣賊子懼道春秋孟子以孳爾之言誤後世者

其辨既見于上莊子以名分眎春秋是世俗之見道滅後之言也其所以取左道者亦此之由也惡知春秋凡以此二者求春秋是後儒之所以不知春秋也夫五倫達道也先王所以布教化者是已維持之者禮樂也故道者禮樂也孔子之時無王者禮樂解紐風俗頹壞故夫子表章春秋使人返禮義之正豈祇道名分使亂臣賊子懼而已邪其君臣父子之言似則似矣抑末也

又曰覇圖之盛王迹之熄也會盟之繁忠信之薄也雖有彼善於此者卒非治世之事也聖人何褒焉至於夷狄之陵中國臣子之奸君父鬬于戈以濟貪忿之志悖天理以傷天地之和者亦何待貶而後見爲惡也

折衷曰霸圖之盛以王迹之熄故也盟會者禮也忠信之薄亦以王迹之熄故也其無義戰亦以王迹之熄故也王迹之熄以王之不務德故也成康之世莫有此事以務德故也故曰堯舜宰天下以仁而民從之桀紂宰天下以暴而民從之不其然乎故凡天下叛亂罪在王矣蓋人情古今無一若乃風俗與世推移故聖人務存風俗禮樂是也春秋之時王綱解紐雖有禮樂而爲虛文人習於世流蕩放肆以成俗然而先王之化未全喪若管仲之仁掩天下子產之禮以衛國晏子叔向隨會狐偃趙衰趙盾百里奚孟明視由余子大叔蘧伯玉目夷子罕令尹子文沉尹戌季友臧文仲子臧季札其他不遑枚舉此皆春秋之大賢而能守先王之禮矣與漢後

所謂賢人君子忠臣義士者不可同日而談何則昔之行以
禮而動戰國已後道亡而無禮義其有志者如是而禮如是
而義以已心行之而不知道故多是非禮之禮非義之義也
故君子之褒人必以禮也左氏之所記可以見也此當時道
存也孔子之表章春秋勸戒世豈有他哉欲如是數賢也茍
舉世如數賢則天下比屋可封矣堯舜之民豈過之邪而曰
雖有彼善於此者聖人何褒焉雖其人不知道不知春秋而
非余所謂蔑視宇宙傲然自尊大者邪孟子曰羞惡之心人
皆有之故趙盾之詰董狐崔杼之殺太史疾惡名之播於後
世也是以人難於爲惡然則貶之敎大矣哉而曰何待貶而
後見爲惡也其意謂孔子作春秋垂敎於後世殊不知春秋

者周家之大典周公建之以褒貶爲經法勸戒後君臣伯魯亦用之魯孔子表章之以勸當世豈爲後世之教邪故今之春秋周公之大經大法而世史之所記也孔子不能贊一辭焉其曰孔子作者孟子託言曰夫子筆削者史遷之妄也後世又曰孔子匹夫不能賞罰天下夫褒貶豈賞罰之比邪且夫春秋者周之大典不得賞罰天下乎魯邦國也不得賞罰一國乎皆不知道不知春秋不知孔子故致議論紛紛已

又曰若夫筆削有法而訓教存焉崇王而黜覇尊君而抑臣貴華而賤夷辨禮之非防亂之始畏天戒重民生爲萬世立治準焉嗚呼使後之爲君父爲臣子爲夫婦爲兄弟爲黨友爲中國御夷狄者由其法戒其事則彝倫正而禍亂息矣

折衷曰王霸之辨起於戰國春秋之時豈有此邪是至易見者也而後儒輒言之者眩孟子春秋天子之事也及尊王賤霸之言也其尊君貴華春秋之一端也非其本意何也先王之道仁也仁治天下民之謂也凡天地間之蒼生天之所生謂之天民天不能自治之立之君使治之是曰天子故天子代天治民者也故曰天工人其代之夫君亦人也民亦人也而居之崇高之位翼戴共給爲所驅役者以其治已故也故德則后也虐則讎也凡人君體之仁天下易曰元善之長體仁足以長人堯舜禹湯文武之所爲詩書之所載莫非此者此道也外此非有所謂道者矣故施虐於民則天命革詩云天命靡常又云殷之未喪師克配上帝不罪代者而罪無仁

者晉滅同姓以無道於民罪虞是以時日害喪之歎願征已之情不以民爲罪湯武以聖人放伐天子孔子欲往公山不狃佛肸之召此先王之道仁而尊君者一端也戰國道滅而無仁各欲私天下故以詐力爭天下以威武馭下刑名於是起尊君如天抑臣如土芥秦漢以後相襲以尊君爲臣子第一義加之不知道故其說春秋舍仁而言義由孟子之言動輒曰崇王而黜霸尊君而抑臣孟子之時說士之于時君王霸對說以詐力爲霸道進彊國之術於是乎孟軻道仁義張王道遂有王霸之辨春秋之時豈有之乎齊桓晉文亦皆王道也故孟子所謂尊王者謂王道也非尊周天子不然何勸齊梁君以王乎其曰天子之事也亦王霸之辨也是牽時習

然已後儒不唯不知春秋也亦不知孟子矣夫春秋之夷狄多是子爵而列五等非後世匈奴契丹突厥烏孫等之比其侵陵中國非如漢晉以後也後儒據孟子非管仲且爲春秋有貶而無褒然孔子稱管仲曰如其仁如其仁微管仲我其被髮左衽是管仲以仁攘夷狄也宋儒搆造性理之學自謂當我代繼不傳之正統而天下翕然崇信之又謂聖人修春秋之志屈於千數百載而伸於今也其道之當否且不論矣至宋胡元一統爲天子堂堂華夏變爲左衽葢當時君民非不奉崇其道而使聖人之志能伸者果如斯乎已不能而以責古人爲事是聖人之罪人也余極口罵宋儒者爲是也獲罪世君子不敢辭也

春秋廢三傳以臆斷之唐啖趙爲之倡至宋孫復程頤用鑿空之說遂以春秋爲斷獄之書自時厥后紛紛擾擾終無歸于一矣然大抵不過逐孫程二氏之形影耳黃仲炎論頗詳故特表出而辨之餘不盡論可類推也

王申子曰春秋有貶無褒乃夫子一部法書出於周公之禮則入於夫子之法撥亂反正無罪不書其志封疆者所以著侵奪之罪也其志世次者所以著纂弒之罪志禮樂志正朔者著僭竊無王之罪也志官職志兵刑者著違制害民之罪也

折衷曰如斯夫子一獄吏耳而雖申商不如此刻矣此本不足辨也然宋儒流弊有如此者不可不知焉其尤可笑者曰侯國不合自稱元年故書元年魯不合以子月爲春故書春

舉世不知有王故書王子月非正月故書正以秦漢以後天下一家以年號行之視之故曰侯國不合稱元年以前後文觀之舉世不合稱王故書王也餘不足辨也但以元年與公爲僭出乎胡安國葢宋人之苛刻爲夷狄所化也王申子元人身在夷狄何知華夏之揖讓也

黄澤曰杜氏云凡策書皆有君命謂如諸國之事應書於策須先稟命於君然後書如此則應登策書事體甚重又書則皆在大廟如孟獻子書勞于廟亦其例也據策書事體如此孔子非史官何由得見國史策文與其簡牘本末考見得失而加之筆削葢當時史法錯亂魯之史官以孔子是聖人欲乘此機託之以正書法使後之作史者有所依據如此則若無君命安可修

旼史官若不禀之君命安敢以國史示人據夫子正樂須與大師師襄之屬討論詳悉然後可爲不然則所正之樂如師摯之始關雎亂洋洋乎盈耳時君時相謂之全不聞知可乎又哀公使孺悲學士喪禮於孔子士喪禮於是乎書則其餘可知也蓋當時魯君雖不能用孔子至於託聖人以正禮樂正書法則決然有之如此則春秋一經出於史官先禀命於君而後贊成其事也

折衷曰託孔子正書法雖孔子聖也豈有此事邪此以信孔子筆削而無其理故設成此說巳此則不足言也第論孔子不能筆削春秋甚確矣足釋千載之惑故錄之

呂大圭曰自世儒以春秋之作乃聖人賞善罰惡之書而所謂

天子之事者謂其能制賞罰之權而已彼徒見春秋一書或書名或書字或書人或書爵或書氏或不書氏於是爲之說曰其書字書爵書氏者褒之也其書名書人不書氏者貶之也褒之故予之貶之故奪之予之所以代天子之賞奪之所以代天子之罰賞罰之權天王不能自執而聖人執之所謂章有德討有罪者聖人固以自任也夫春秋魯史也夫子匹夫也以魯國而欲以僭天王之權以匹夫而欲以操賞罰之柄夫子本惡天下諸侯之僭天子大夫之僭諸侯下之僭上卑之僭尊爲是作春秋以正名分而已自蹈之將何以律天下聖人不如是也蓋是非者人心之公不以有位無位而皆得以言故夫子得因魯史以明是非賞罰者天王之柄非得其位則不敢專也故夫子不

得假魯史以寓賞罰是非道也賞罰位也夫子者道之所在而豈位之所在乎且夫夫子匹夫也固不得擅天王之賞罰魯諸侯之國也獨可以擅天王之賞罰乎魯不可擅天王賞罰之權乃夫子推而予之則是夫子不敢自僭而乃使魯僭之聖人尤不如是也大抵學者之患往往在於尊聖人大過而不明乎義理之當然欲尊聖人而實背之或謂春秋爲聖人變魯之書或謂變周之文從商之質或謂兼三代之制其意以爲夏時殷輅周冕虞韶聖人之所以告顔淵者不見諸用而寓其説於春秋此皆繆妄之論夫四代禮樂孔子所以告顔淵者亦謂其得志行道則當如是爾豈有無其位而修當時之史乃遽正之以四代之制乎夫子魯人故所修者魯史其時周也故所用者時王

之制此則聖人之大法也謂其修於春秋之時而竊禮樂賞罰之權以自任變時王之法兼三代之制不幾於誣聖人乎學者妄相傳襲其爲傷教害義於是爲甚後之觀春秋者必知夫子未嘗以禮樂賞罰之權自任而後可以破諸儒之說諸儒之說既破而後吾夫子所以修春秋之旨與夫孟子所謂天子之事者皆可得而知之矣

折衷曰左氏知道者也故論其得失必曰禮也非禮也後儒不知道者也故曰是非夫是非不公者也是非之公者皆道也如父子之親君臣之義夫婦之別長幼之序朋友之信是也今日日用瑣碎之是非皆以已所見爲是非豈復有所謂天理之公者邪是非若定于一則後世說春秋何有數十百

家乎若曰未盡理則是非容易之事必聖人而後通春秋也聖人爲之窮理因義而制禮使民由之故春秋之大經大法者周公之禮也其禮所在自左氏之例而見焉故春秋廢左氏之例者不知春秋者也是則亡論已但呂氏非斥夫子作春秋而行天子之賞罰甚確實故錄之所謂執戈入其室者也

顧炎武曰春秋不始於隱公晉韓宣子聘魯觀書於大史氏見易象與魯春秋曰周禮盡在魯矣吾乃今知周公之德與周之所以王也蓋必起自伯禽之封以洎於中世當周之盛朝覲會同征代之事皆在焉故曰周禮而成之者古之良史也自隱公以下世衰道微史失其官於是孔子懼而修之自惠公以上之

文無所改焉所謂述而不作者也自隱公以下則孔子以己意修之所謂作春秋也然則自惠公以上之春秋固夫子所善而從之者也惜乎其書之不存也

折衷曰春秋豈一人之筆邪又豈皆良史邪韓宣子所贊謂周公之法也故曰周禮盡在魯矣吾乃今知周公之德與周之所以王也豈謂良史者哉魯史之法固與諸國異也史官能得周公之法而記之故韓宣子云然如晉乘則史官各以意記之故夫子謂董狐良史也隱公以下亦然孔子豈作之邪曰孔子作之者孟子之妄也公羊因之曰有不修春秋是在魯孔子之大過而不得其意也如孟子更曰天子之事也曰其義則丘竊取之矣曰亂臣賊子懼皆是矯誣之詞雖爲

救時哉惑後世之罪不容誅而後儒聚訟爲之說終不能通之矣寧人爲是僻說本不足言然恐後進眩其新奇不可不辨焉

左傳

物茂卿曰韓宣子所見魯春秋即丘明所藏其文也故公穀稱傳而左特稱春秋者以此後世徵隱栝其文稍加書不書書曰之類以成傳體遂有左傳之稱也

折衷曰公穀之文自是漢時之傳體非古也古所謂傳者如大傳間傳及易傳是也凡禮記等述其義者皆傳也丘明爲孔子春秋出緝錄諸國之記載以述其義是則傳也傳中錄至零碎者魯史何及此且左氏開卷惠公元妃孟子也之一

條非傳而何物乎見道甚明矣其於春秋研究未至也

杜預曰左丘明受經於仲尼以爲經者不刊之書也故傳或先經以始事或後經以終義或依經以辨理或錯經以合異隨義而發其例之所重舊史遺文畧不盡舉非聖人所修之要故也

折衷曰周公之典則存於史官也丘明爲世官則固所熟知也若須傳授而知之則雖孔子不得不受於丘明也是以春秋之傳不得不出於丘明也郝經不知之曰夫子不傳顏曾何傳丘明也杜亦爲孔子作故云爾丘明裁取諸國記載隨經而直記故有先經後經之事魯之所記與諸國有異同丘明直記故有不與經合者此丘明所不用斧鑿爲可貴也杜云例之所重云云者亦爲孔子作故也

朱熹曰春秋之書且據左氏當時聖人據實而書其是非得失付諸後世公論葢有言外之意若必於一字一辭之間求褒貶所在竊恐不然

折衷曰朱氏謂且據左氏其意不滿於左氏此所以不知春秋也此則勿論已其曰是非得失付諸後世公論公論果何物乎何後世紛紛也於一字一辭之間褒貶固在求之左氏了然豈求於已意邪

又曰春秋傳例多不可信聖人記事安有許多義例

折衷曰此自有傳例後之言也何則春秋簡約不由傳安得事實既不得事實何見善惡夫例者周之禮而周公之德之所建左氏之所記是也然在當時得事實則是非善惡自見

不須例也是韓宣子所以一見而歎然無例則何知周公德之所在邪孔子之述止於春秋者爲是也丘明故記事實兼書例者爲慮後世之不能通於春秋故也假令始止讀春秋雖有大聰慧不能知爲何義焉桓譚亦曰左氏經之與傳猶衣之表裏相待而成經而無傳使聖人閉門思之十年不能知也故其始由左氏通其義而後背之公穀爲之偏至宋況濫自恣而其例倍蓰於左氏而曰安有許多義例何言之相矛盾邪今夷考之公穀自是漢時之氣習故其說甚鄙俗不足言宋後理學之所發故悉穿鑿吹毛求疵實可惡者也獨左氏雍容閒雅三代之氣象於是乎在凡舍左氏而言春秋皆妄說也

黄仲炎曰先儒謂左氏非丘明丘明乃孔子前輩故孔子云左丘明恥之丘亦恥之先丘明而後己尊之也楚左史倚相能讀三墳五典八索九丘蓋今左氏傳卽楚左史也古者史世其官則傳是書者倚相之後也故左傳載楚事比他國爲特詳是得其實

折衷曰左氏世仕魯官於左史遷固以來卽謂論語之左丘明是也凡漢儒雖多傅會亦有相傳之說不可盡廢也左氏之爲丘明雖無證驗而要之非七十子以後之人物何則凡禮記家語孟子等雖去聖人不遠哉其中與道背馳者不爲不多焉以其出於七十子之後禮樂亡唯議論是務以己意傳鑿也惟左氏則不然也事皆以禮斷之絶無戰國儒者氣

象其所論莫不悉合於道矣宛然春秋之人物也而亦有非學道者不能道者也則爲孔子之弟子無疑矣乃漢儒以爲丘明恐是相傳之說也蓋左氏者魯史官而爲孔子之弟子者以世官姓左丘明其名也朱彛尊曰司馬遷曰左丘失明厥有國語風俗通曰丘姓魯左丘明之後然則左丘爲複姓甚明孔子作春秋明爲作傳春秋止獲麟傳乃詳書孔子卒孔子既卒周人以諱事神名終將諱之爲弟子者自當諱師之名此第稱左氏傳而不書左丘也雖復有理也馬遷應劭不可信且古人臨文不諱則其義非矣後儒謂左氏非丘明丘明亦非孔子之弟子也曰論語左丘明恥之丘亦恥之夫子自比皆引往人故曰竊比於我老彭則丘明者夫子以前

賢人唐啖助趙匡唱之宋劉敞朱熹和之自是之後悉主張之或云虞不臘秦語庶長秦官或云左氏紀韓魏智伯之事及趙襄子之謚此皆嫉夫子曰丘亦耻之而賢之又欲廢傳而別立之說也夫以日丘亦耻之律之比於我老彭而爲往人則稱顏淵曰爲之宰曰我與汝不如者亦爲往人乎如虞不臘至秦始稱臘月也則臘取臘祭之義秦以前已有此字已有此名矣庶長春秋之末有此語至秦漸爲官名也左傳哀公以後文章大變決非丘明之筆後史官尊孔子者續是經傳至孔丘卒者輙然矣則當有趙襄子之謚也又以敬仲之占史蘇之繇申生之託狐突等之事謂之誣此後儒所以不知先王之道也已不知道何知春秋不知春秋何知左氏

余詳辨之禦侮中不贅于此宋儒以窮理爲學故廢六經何也人人爲聖人則春秋何爲故崇信之非其本心而況左氏乎況左氏非顏曾乎又以左文富艷爲無其實夫左氏與詩論語相頡頏自是禮樂未亡時之文章大非有孟荀鄙野而戰國麁豪氣象之比也宋儒總是禪者氣習爲夷狄所化奚知左氏之郁郁者乎且自尊大而非議古人不恭亦已甚矣殊可笑者以左氏爲楚倚相之後曰載楚事特詳也夫左氏之詳豈特楚也邪晉齊鄭衛各因事詳記之且倚相楚之左史也曰左史倚相則左史官倚相姓名也若曰世其官故曰左氏傳乎列國皆有左右史豈獨楚有左史乎晦菴極爲倚相之後黃氏爲得實皆忌心之所爲也項安世以爲魏人不

知何依據
又曰公穀亦莫明其所自來或云子夏門人要皆非親受經於
聖人者故於說經首失其義而其閒亦或有得者穀梁氏耳若
其載事實則左氏尚可考故當據事以觀經事或牴牾難於盡
從則以經爲斷上以伸仲尼之志
折衷曰公穀者漢人之僞撰也曰子夏傳來者傳會之說也
以其不知古而左氏不與漢時氣習合搆成之說以趨於時
好是以自董仲舒諸大儒旣尊信之然本陋儒之說而其所
因者左氏也故及左氏眞面目出一家遂廢後儒排公穀亦
以其不與宋時氣習合也猶今以春秋之世視宋說故郝敬
曰公穀襲左而加例胡氏襲三傳而加鑿說非無所見也後

世覺穀梁之可者亦後出而矯公羊之非也公穀之經出於左氏而嫌其同間以音通改字耳蓋有證矣僖公元年左氏經曰齊師宋師曹伯次于聶北救邢曹伯公穀並作曹師而穀梁以爲曹伯此緣左氏作曹伯而知之也又左氏之傳止於定公乃知孔子之經亦止於定公也續左氏者亦續經至孔丘卒其義甚明也公穀不之知自謂孔子之經而無可書孔丘卒之事故以意改之終於獲麟自時厥后皆曰孔子感麟作春秋夫感麟作春秋則豈足爲孔子邪又左氏經傳別行公穀直附經則左經爲孔子之經無疑矣六朝以來兼取三傳之長是大不然也三傳各自以爲眞則何兼他然猶不廢古啖趙以後始廢三傳以已意作傳而尚不能離三傳而

爲解而不知左氏莫尚焉悲哉倘唯左氏而無公穀則雖後

儒不得不專依左氏也故紊春秋者莫如公穀焉公穀胡之

妄余别有所論著故本章内不多及也

葉夢得曰古有左氏左丘氏大史公稱左丘失明厥有國語今

春秋傳作左氏而國語爲左丘氏則不得爲一家文體亦自不

同其非一家書明甚

折衷曰左傳國語文體之不同自傳玄以下歴代諸儒論之

詳矣今一覽判然不但此也凡國語所自裁之事自是戰國

以後之人情而非春秋之世態觀載管仲等之事可見也五

行非古也故左氏無之國語則言之周易之占是漢法也與

左氏牴牾此其不可掩者也盖敷衍左氏間搆成事實别爲

國語者也左傳是丘明作故冒名亦爲丘明作蓋後世左逸短長之流也戰國秦漢此事極多矣六經之緯候春秋傳之公穀諸子之管晏道家之列子不遑枚舉也司馬遷下言失明故省明字只曰左丘其實併姓名而言之是文章之滑稽也葉氏據之以左傳爲左氏國語爲左丘氏亦不知國語者也

薛應旂曰余觀左丘明春秋内外傳殆游夏之流非特諸子之倫也故賈逵王肅虞翻咸高其人治其章句迨宋儒因唐韓子謂左氏浮誇柳子文謂其說多淫遂謂魯論所載丘明非傳春秋者於是析一人而二之至論其所謂淫乃后言於莘神降於莘之類不知有常必有怪亦陰陽之義也且事有傳疑春秋所

許以是爲浮淫而并疑夫子之所稱過矣鄭夾漈誌氏族亦主其說謂傳春秋者左姓丘明名其在魯論者則居於左丘以地爲氏者也至考其誌詳載氏族終無左丘氏不亦自相矛盾乎及觀楚紀何子元巡撫雲南時有石言於滇何禱於神蟒飛石裂滇人至今能言之焉可誣也往見余大史子華歷證左丘明即傳春秋者今山東通志可考見云

宋祁曰左氏與孔子同時以魯史附春秋作傳而公羊高穀梁赤皆出子夏門人三家言經各有回舛然猶悉本之聖人其得與失葢十五義或謬誤先儒畏聖人不敢輒改也啖助在唐名治春秋摭訕三家不本所承自用名學憑私臆決尊之曰孔子意也趙陸從而唱之遂顯於時嗚呼孔子没乃數千年助所推

著果其意乎其未可必也以未可必而必之則固持一己之固
而倡兹世則誣誣與固君子所不取助果謂可乎徒令後世穿
鑿詭辨訴前人捨成說而自謂紛紛助所階巳
葉適曰公穀未世口說流傳之學空張虛義自有左氏始有本
末而簡書具存大義有歸矣故讀春秋者不可舍左氏二百五
十餘年明若畫一舍而他求多見其好異也
朱彝尊曰孔子作春秋若無左氏爲之傳則讀者何由究其事
之本末左氏之功不淺矣匪獨詳其事也文之簡要尤不可及
即如隱元年春王正月傳云元年春王周正月視經文止益一
周字耳而王爲周王春爲周春正爲周正較然著明後世黜周
王魯之邪說以夏冠周之單辭改時改月之紛綸聚訟得左氏

片言可以折之矣
折衷曰後世畧窺春秋大意者猶有明錢敷著春秋志八卷
未見也
李時成曰世之談者云左氏艶而富其失也誣意亦以敬仲之
占史蘇之繇申生之託狐突諸數事爲左證驗而故入以誣獄
邪是大不然蓋左紀事書也事以紀文情因事顯事可見情不
可見事可盡情不可盡可見可盡者書之不可見不可盡者存
之存之者俟後博雅君子推類而識取之也譬之相馬者然辨
毛色別齒牙即使臧獲當之罔有遺照乃若求神氣于驪黃牝
牡外則非九方皐未易能焉甚哉識之難也左之爲史也其有
所因乎事因舊而情則俟焉其以誣書邪特毋尤彼誣邪彼方

以誣尤彼我又坐彼以誣殆蕉鹿所爭夢中說夢而據堂判案操兩造而持衡者又一夢邪嗟哉嗟哉左負屈蓋千載矣姑無他論卽趙盾許世子諸獄仲尼修經悉取裁焉乃有恥乃言令色足恭者而顧自爲此誣艶書哉必不然矣然則左蓋經教也以文章令申視彼者毋乃舁舁乎

凌稚隆曰世稱左傳爲丘明所著其說自班馬劉杜諸家及唐啖趙二氏謂丘明旣與孔子同時不應孔子沒已多年猶得記趙襄子諡朱子謂觀孔子左丘明恥之丘亦恥之語意其人當在孔子前則左氏傳春秋者非丘明蓋有證矣故說者以爲六國時人蓋以所載虞不臘語至秦始稱臘月也則臘取臘祭之義秦以前已有此字已有此名矣又以爲楚左史倚相後故述

楚事極詳不知事詳大國小國之事易舉史體宜爾竊觀左氏
文豐潤華艷自是春秋文體絶無戰國麄豪氣習迹其記事之
詳疑是史官信聖之篤疑是孔門弟子又考戴宏序所載公羊
氏五世傳春秋因疑左氏當是世史其末年傳文亦疑是子孫
續而成之者以故通謂之左氏而不著其名理或當然也盖朱
子曰傳中無丘明字陳止齋曰左氏別自是一人爲史官者又
曰自古豈止一丘明姓左意正如此
又曰按三傳所載經文亦各乖異事同字異如儀父盟蔑盟昧
之類事字俱異如尹氏卒君氏卒之類馬端臨氏謂公穀直以
其傳攙入正經而左則經自經傳自傳至元凱始以左傳附經
文後據此當知三傳惟左氏經文足稱古經若其所書孔丘卒

則絶筆後弟子增入非古經矣

黃澤曰左氏作傳必是史官又是世官故末年傳文當是其子孫所續

王鏊曰左氏疏春秋載二百四十二年列國諸侯征伐會盟朝聘宴饗名卿大夫往來辭命則具焉其文蓋爛然矣於時若臧僖伯哀伯晏子子產叔向叔孫豹之流尤所謂能言而可法者下是則疆埸之臣有若展喜呂飴甥賓媚人解揚奮揚蹶由方伎之賤有若史蘇梓慎裨竈蔡墨醫和緩祝鮀師曠夷裔之遠有若郯子支駒季札聲子沈無戌薳啓疆閨門之懿有若鄧曼穆姜定姜僖負羈之妻叔向之母皆善言焉於戲其猶有先王之風乎其詞婉而暢直而不肆深而不晦精而不假鑱削或若

剩焉而非贅也若遺焉而非欠也後之以文名家者孰能遺之是故遷得其奇固得其雅韓得其富歐得其婉而皆赫然名于後世則左氏之於文可知也已而世每病其誣蓋神怪妖祥夢卜讖兆之類誠有類於誣者其亦沿舊史之失乎雖然古今不相及又安知其果盡無也然余以哀公而後文頗不類若非左氏之筆豈後人續之邪未可知也

啖助曰左氏傳自周魯晉齊宋楚鄭等之事最詳晉則每出一師具列將佐宋則每因興廢備舉六卿

劉貺曰左氏紀年序諸侯列會具舉其謚知是後人追修非當世正史也

汪克寛曰左傳所載諸國事春秋不書者甚多如王殺周公黒

肩王子克奔燕陳陀殺大子免鄭弑昭公及子亹子儀衞成公殺叔武曹公子負芻殺大子之類皆當時不告於魯魯史不書於策故春秋不得而書非削之也葢左氏所據者春秋之史而夫子筆削魯國之史宜其詳畧不同也

隱公

啖助曰幽厲雖衰雅未爲風平王之初人習餘化及變風移陵遲久矣不格以大平之政則比屋不可勝誅故斷自平王之遷而以隱公爲始

折衷曰自王國都及諸侯之邦民間風流之歌謡謂之風其在王朝搢紳之間謂之雅諸侯則雖朝廷不曰雅王家文王以上亦然時或言之南雅豳雅是也啖氏雅未爲風者何言

乎是未知風雅之分也其始於隱公理寓之言不足辨焉

鄭樵曰周家之興歷年八百夫子以前四百載東周之事托之春秋而隱公元年實爲後四百始年此春秋所以不得不始隱也

程頤曰平王東遷在位五十一年卒不能復興先王之業王道絶矣孟子云王者之迹熄而詩亡詩亡然後春秋作適當隱公之初故始於隱公

趙汸曰孔子作春秋平王以前不復論者以其時天子能統諸侯故也始於平王者所以救周室之衰微而扶植綱常也

折衷曰仲尼在中間何以知周家八百中分之而始於隱公乎鄭樵說不足言也趙汸氏人皆應信者也然不如程說引

孟子之得正焉可見理斷之不可怙也

毛奇齡曰春秋始魯隱公並無義例或曰以平王東遷而王室卑也夫平王東遷在魯孝公二十七年又一年而魯惠公立是魯惠之立正當平王遷洛之際且在位四十六年正與平王之五十一年相表裏乃舍惠公不始而反始於平王四十九年垂盡之隱公無是理也若曰春秋本據亂而作則亂不自隱始也以爲王室亂邪則戎狄弑王當始孝公以爲本國亂邪則伯御弑君當始懿公以爲列國亂邪則晉人連弑其君當始惠公乃舍懿孝惠三公不始而始隱公何也至於公羊以隱公讓位爲賢曰春秋善善長當從善始穀梁以隱成父之惡爲惡曰春秋惡惡之書當從惡始則又誰得而定之蓋春秋魯史也或隱以

前亡其書則不修隱以後有其書則修之爾若夫夫子作春秋之年則司馬遷謂孔子戹陳蔡時作在哀六年左氏說謂孔子自衛反魯遂作春秋則在哀十一年而公羊說則謂孔子西狩獲麟得端門之命乃作春秋則又在哀十四年總是揣摹之言不足據者若其云受端門之命則見戴宏解疑論此後世緯學不足信夫獲麟作書本屬不幸而反以爲夫子受命之符瑞無稽之言吾不取焉

折衷曰孔子之春秋爲正天下之風俗而出焉是仁也而周家東遷爲鴻溝故在平王以後則始惠公亦可始隱公亦可始桓公亦可豈有意於始之邪後儒舍仁而言義故或曰傷王室之亂或曰傷魯亂或曰傷列國之亂或曰賢隱或曰惡

隱皆不知春秋也此則不足言也毛氏謂隱以前亡書故不
修隱以後有書故修之夫春秋魯國之史記也謂亡之而可
邪若作春秋年亦豈可知之邪不知者葢闕如焉是聖訓也
後世種種設成義豈聖人之心邪

春秋集箋卷三十四

廣懰殿藏版

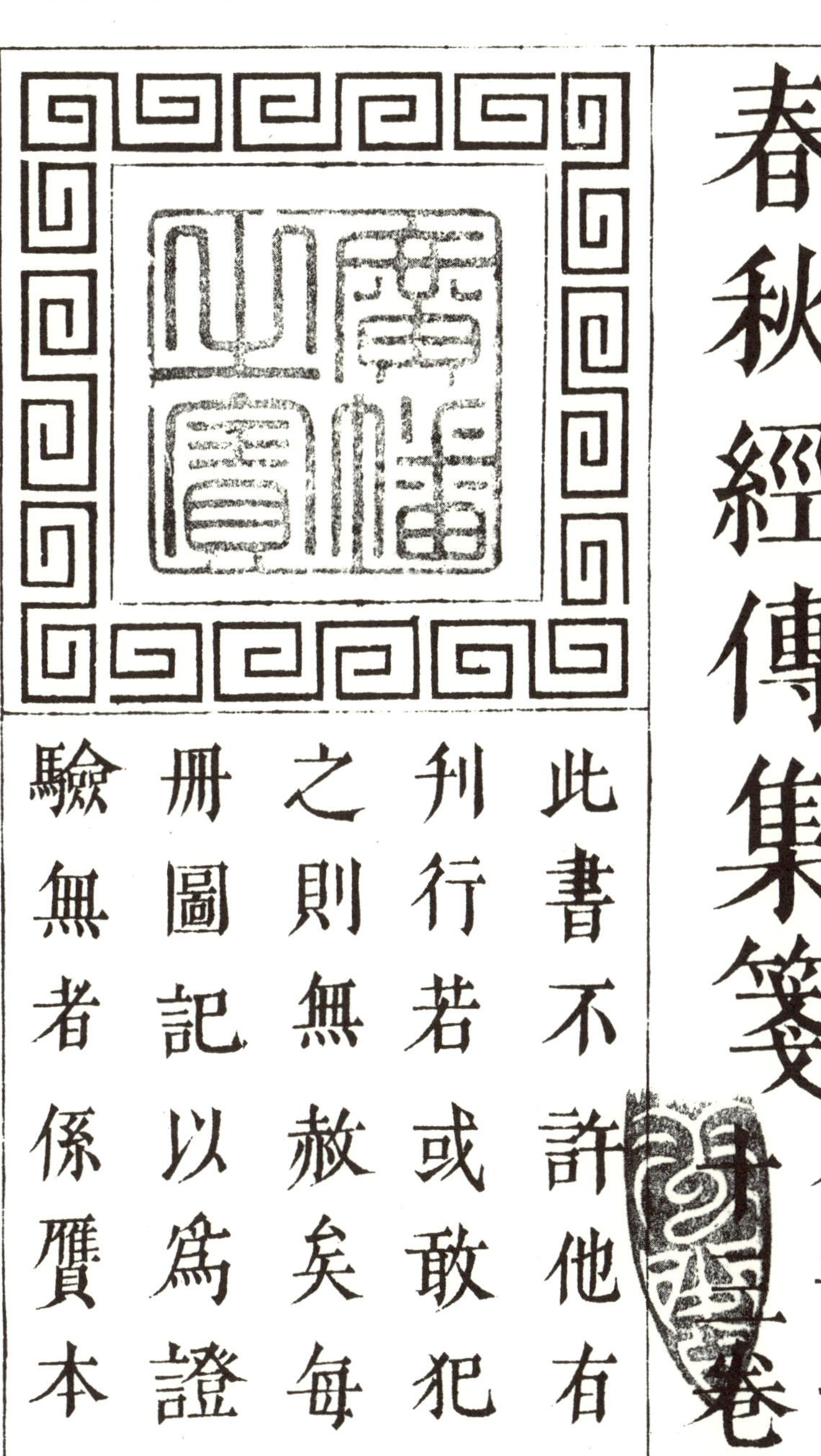

春秋經傳集箋

全部七十五卷

此書不許他有刊行若或敢犯之則無赦矣每册圖記以爲證驗無者係贋本

發行書鋪 文錦堂

京二条通 林伊兵衛

春秋集箋巻三十五　影印

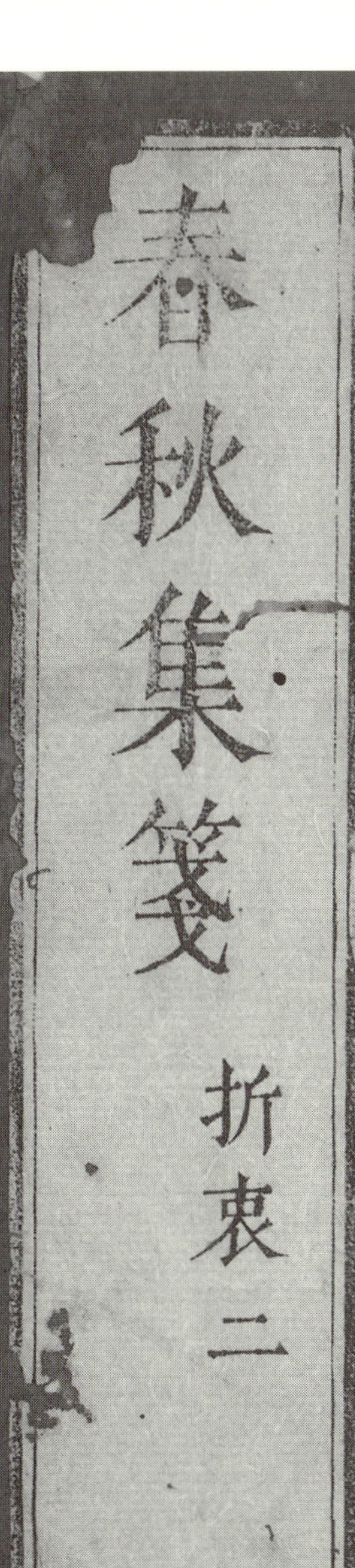
春秋集箋
折衷二

三原市立図書館
12417041

春秋集箋卷三十五

皇和　安藝　平賀晉民房父　著

經傳折衷第二

隱公

傳元妃

折衷曰書曰元首康哉又曰民非元后何戴禮曰一人元良文言曰元善之長也體仁足以長人此元首長之義則元妃嫡夫人也凡經傳稱元妃者不多見焉嫌於經書夫人子氏薨故稱元妃以見其嫡也杜意葢謂仲子稱夫人而孟子是始娶則不得爲嫡故孟子稱元妃別之爾雅詁元爲始故云始適夫人葢謬也

孟子

折衷曰禮緯云庶長稱孟凡緯書之言不可信也或云女子之兄曰孟魯有伯姬亦非是

孟子卒

折衷曰杜云不稱薨不成喪也非也在經則然也傳不拘也又云無謚謚先夫死不得從夫謚亦非也孟子初死在經應無謚此傳自後之辭何不可稱謚隱桓未死皆稱謚可以見也孟子不稱謚亦不拘且與下仲子相映比

生桓公而惠公薨

折衷曰杜云惠公不以桓生之年薨此以慶父為庶長為此言然隱公曰為其少也我將授之以是觀之隱公末年桓公

不過十四五且本文語勢不似隔遠者

是以隱公立而奉之

杜預云爲桓尚少是以立爲大子帥國人奉之

折衷曰本文立字連隱公分明是隱公身立也且春秋之時

猶未有立大子之言凡曰立者皆君也大子曰定且隱公朝

廟告朔朝聘會盟儼然國君豈得曰攝邪歐陽修極論隱非

攝卓見也但以傳不書即位攝也爲誤此不善讀左氏之失

也傳明曰隱公立豈不知之者邪其曰攝也乃隱公雖身立

而其心在攝不行即位禮乃史亦不書於策以成其志故左

氏云爾公穀亦言之杜又云爲經元年春不書即位傳亦非

也此與下一連文杜不知焉

經元年春王正月

折衷曰春秋緯曰黄帝受圖有五始説公羊者云元者氣之始春者四時之始王者受命之始正月者政教之始公卽位者一國之始黄帝之五始謂此也此不知元年春王正月義者之言也孔穎達取補杜過矣

杜預云凡人君卽位欲其體元以居正故不言一年一月也此言説得甚好夫元者君德也凡人主要體其德而蹈正也文言曰元善之長也體仁足以長人是此之義也孔穎達乃申明杜義而元爲元氣之元其與劉炫爭與同倶是憒憒豈足論邪

正月周正建子之月自漢及唐諸儒無異論但孔穎達云王

不在春上者月改則春移春非王所改故王不先春王必連月故王處春下至宋興議紛紛胡安國曰左氏曰王周正月周人以建子爲歳首則冬十有一月是也前乎周者以丑爲正其書始即位曰惟元祀十有二月則知月不易也後乎周者以亥爲正其書始建國曰元年冬十月則知時不易也建子非春亦明矣乃以夏時冠周月何哉聖人語顏回以爲邦則曰行夏之時作春秋以經世則曰春王正月此見諸行事之驗也胡意謂春秋原文稱冬正月孔子欲行夏之時故以夏時冠周月曰春王正月程頤始發此義又蔡沈據商書伊訓惟元祀十有二月乙丑伊尹祠于先王奉嗣王祗見厥祖與漢初仍秦正亦書曰元年冬十月曰正朔改而月數不改

也蔡意謂春秋正月乃建寅之月也後者論破二家説者有陳櫟黃澤毛奇齡趙汸王守仁唐順之王世貞凌稚隆至張吕寧著春王正月考二卷引春秋經傳及易詩書三禮論語孟子劉歆三統陳寵三陽三正之説昭明周正以破蔡沈之説證夫子語顏回不日行夏之正而曰行夏之時則有周時以破胡安國之義於是二家説徐廢矣然皆以夫子之言夏之時證之無以事驗言之者也晉民按建子之爲春天之正也先儒曰十一月一陽生于下此依易復卦地中有雷其爻一陽動于下爲言其實則不然也凡近日則熱遠日則寒冬至大陽南行之極自冬至而日稍北向萬物發生焉凡萬物之發育得陽氣也余在長崎聞象胥民之言紅毛人毎年以

九月二十日發長崎十月晦在赤道之下而行此時舟中所持歸諸鳥皆發音也極陰而然者近大陽也然則冬至而爲春明矣歷家至今以冬至爲歷元可以見也雖然於人事不至建寅之月則不濟用也何則凡陰陽之降非地中融合之後則不達也夫二至者陰陽之極也而暑至六七月而極寒至建丑建寅而極可以知已漢儒天統地統人統之說未可非也故虞夏以建寅爲春爲正月便於人事也是以商周雖改正朔而至祭祀田獵等凡人事則用夏正爲此也以此觀之則建子之爲春無疑惑矣然而不書王春而書春王有未釋然者焉淸乾隆帝著春王正月論云春秋爲尊王之書始自隱公不曰王春正月而曰春王正月者其意深矣蓋春天

之所爲也正者王之所爲也欲王者奉若天時諸侯上遵王法示大始而欲正本也是故以春生之氣貫四時以王者之命正諸侯以正月之月統一歲王者所行必上本於天不承天制號令則無法故以春居王之首諸侯不尊天王則無正故以王居正月之首政者正也政莫先於正始故以正月爲一歲之首所以教後之王者上承天以制法度下建極以制諸侯則政行而教舉矣至於體元調元之說旣失之穿鑿胡氏行夏時之說雖以伊訓證之而夫子乃從周者況春秋所書春正月無冰二月無冰若用夏正則無冰不足爲異矣冬十月隕霜殺菽若夏之冬則不應尚有菽矣周之改月改時何待論哉此理學者之言而不切事情不足論也又康熙中

有徐發者著天元歷理其中論之甚多矣大抵謂唐虞夏商周秦正月皆用建寅亦皆以冬至爲正歲發號令其有異者建差也此天道而非人之所爲而以昏建夜半建平明建爲三統以劉歆三統爲杜撰妄說又以秦建亥爲正月爲正春秋建子爲正月爲後世之過曰周東遷以後典籍文章湮滅疇人子弟皆入夷狄秦以隣戎狄反得正引伊訓元祀十二月秦元年冬十月爲證以孔子曰行夏之時爲歎其非正以天官書竹書紀年汲冢周書爲證其言建差鑿鑿有理據然三正之說不明了且僻說多不足據也以上西朝歷代論春王正月之義大概如此皆不得其解是惑於所見而不知事情也晋民謹按蓋王對公之辭正月對元年之言也言元年

者列國所得立也正月者非諸侯之所得立者也故書王以見周王之正月也若無王字則疑魯之正月故傳釋之曰周正月若乃春天時也當與年字連且非此之所與故在王上矣秦漢已後天下一家且自漢武剏年號天下皆稱之耳目之所習貫意不及於此故杜預釋傳周字曰別夏殷後儒皆係之夫周既改正在下列國何嫌書王以別夏殷乎假令孔子以王法作春秋亦周正而足矣且非大義之所與何特著王字或曰傳中往往有以夏正稱者然則列國或用夏正故書王見魯獨用時王之正曰夏正便於民用者也周既兼用之魯亦當然也至正義則列國亦皆用周正豈獨魯也或又曰何休曰二月三月皆有王者二月殷之正月也三月夏之

正月也王者存二王之後使統其正朔服其服色行其禮樂所以尊先聖通三統師法之義恭讓之禮然則王字非別夏殷乎曰此何休以臆爲之言也春秋倘正月二月三月並書王字則或然有王正月則二月三月無王無正月則二月有王而三月無王無正月無二月而後三月有王春秋之例通時無事則必空書首月此王所以必在春也若通時無事不書首月則夏秋冬亦應有王字也

公及邾儀父盟于蔑

孔穎達云及者言自此及彼據魯爲文也

折衷曰古與及同用春秋無作與者是其文法

天王使宰咺來歸惠公仲子之賵

折衷曰周禮天官大宰卿一人小宰中大夫二人宰夫下大夫四人今止曰宰不知何宰宰夫職曰凡邦之弔事掌其戒令與其幣器財用孔疏云宰夫既掌弔事或即充使此蓋宰夫也今從之胡安國凡宰皆爲冢宰欲以見譏其意可惡也大宰卿也豈充弔使邪

公子益師卒

凌稚隆云諸侯之卿非受命于天子皆不書官不與其爲卿也稱公子以公子故使爲卿也

折衷曰此胡安國之說也春秋之例內臣之死無稱大夫者也凡諸侯之卿有命於天子有命於其君皆禮也宋儒非不知之然好欲責人故云夫子不與其爲卿其刻暴如此孔子

匹夫而正二百四十二年之僭是孔子自僭也孔子而其然乎宋大祖奪周爲天子胡氏學孔子則何與其世世爲天子甘爲之臣乎可謂不見眉睫也公子皆卿大夫邪以公子故春秋書之又大夫爵也非官焉後儒混爲一

傳 莊公寤生驚姜氏

杜預云寐寤而莊公已生故驚而惡之○林堯叟云如此當喜何得復驚而惡之史記云寤生生之難是也此當爲難生故武姜困而後寤

折衷曰林據史記生之難爲此解然史記生之難非釋寤生之字但以叔段爲易生莊公爲難生耳蓋以意言之凡史記粗鹵不一不足據

林西仲云寤字當屬莊公疑莊公將生時橫卧于產門久方
得出耳
折衷曰此亦以意爲之說寤字何處見橫卧于產門非也
吳元滿云寤當作遻音同而字訛遻者逆也凡婦人產子首
先出者爲順足先出者爲逆莊公葢逆生所以驚姜氏也
傳遂云杜云寐寤而莊公已生愚謂果爾則生之特易姜應
喜何爲遂惡之且后稷之聖其生如達如寐寤而生則莊公
聖過於稷豈理乎或云難產困而後寤則當云寐不當云寤
也史記云生之難則亦以意言之於寤生二字無解惟應劭
之說兒墮地能開目視者爲寤生於二字旣明切於下驚字
亦相應故從之

櫟下老人云今北方難産者落地無聲若熟寐然以火氣薫接其臍或從旁擊鏡以引其聲始能寤謂之草寤十只有一二生全頗使人驚寤生卽是也

折衷曰諸說中惟應劭吳元滿爲近理但逆生世間多有何必惡之凡初生之兒不能視者也而莊公生而視其母姜氏悚然畏驚而惡之甚切於事情櫟下之說頗使人驚恐其死也何遂惡之乎且當云寐生不當云寤生也○傳遂難杜云后稷之聖其生如達如寐寤而生則莊公聖過於稷豈理乎非矣后稷有聖德故生如達非以生如達故聖也夫生如達世多有豈皆聖乎餘冬序錄所引如前秦蒲洪後凉禿髪氏其生寐寤而已生者也豈謂無之乎又難林云難産困而後

寤則當云寐不當云寤也此不得注者之意也葢謂莊公之
生甚難而昏瞋昏瞋寤而後生也此非本義之所與然後進
或有藉口傳氏輕非古人者故辨之

愛共叔段欲立之

杜預云欲立以爲大子

折衷曰杜以武公尚在故以立屬大子然武姜欲武公沒後
立叔段爲君也欲云者意欲之也不可以武公在否且古曰
立者唯君而已無立大子之言也故削之

都城過百雉國之害也

折衷曰林堯叟云凡邑有宗廟先君之主曰都無曰邑邑曰
築都曰城此由凡例而言也例之所言國之都邑也此則臣

下之采地按周禮地官大司徒曰凡都鄙制其地域而封溝之鄭玄註都鄙王子弟公卿大夫采地其界曰都鄙所居也又春官序官有都宗人家宗人鄭玄註都王子弟所封及公卿所食邑家謂大夫所食采邑可知諸侯子弟及卿采地亦曰都魯三都可并證也諸侯城雉之法孔疏所引諸家有異同其詳不可得而知也今且從杜說

不如早爲之所

傳遂云杜云使得其所宜則是愛段而欲安全之矣與下文無使滋蔓意反盭欲以計豫除之也故鄭伯荅云必自斃意可見

顧炎武云改云言及今制之

折衷曰杜誤如傳氏辨之

蔓草猶不可除

折衷曰蔓字句陰時父說如此則語辟不似左氏口氣非也

國不堪貳

折衷曰林堯叟云國家不可使人有攜貳兩屬之心大誤

不義不暱厚將崩

林堯叟云不義之人不爲衆所親暱厚而無基將如墻屋自然壞

馮李驊云承上多行不義林說是

折衷曰詳語氣杜說爲是

將襲鄭

林堯叟云無鐘鼓曰襲
折衷曰林之言經例也傳言襲不必無鐘鼓
公聞其期曰可矣
林堯叟云莊公曰可以有辭討段矣
折衷曰林說大鑿與上子封曰可矣相呼應謂可討之也
書曰
折衷曰凡曰書曰者時史改告據實書之以示褒貶者也杜以爲皆仲尼改舊史之辭若孔子改之者則豈直曰書曰乎
此爲春秋孔子筆削之也如孔子筆削之而見義則周公之
法在何處韓宣子何嘆之
未嘗君之羹

傳遂云杜云宋華元殺羊爲羹蓋古賜賤官之常愚按禮經食居人之左羹居人之右傳云大羹不致爾雅肉謂之羹非有分於貴賤也而謂賜賤者常謬矣要之非特爲設燕據時所有以賜之華元於軍中殺羊爲羹享士應優卹之以使之樂戰豈以賤食享之特在軍中不同於禮食耳此本不足解而杜爲曲說以誤後人故爲之辨

折衷曰杜以食禮皆有牲體殺胾非徒設羹而已設此義然此則非禮食如傳辨之華元之享士不必賤官杜謬矣

緊我獨無

馮李驊云廣韻緊是也

折衷曰詳語氣杜說是蓋歎聲也

公入而賦至其樂也洩洩

林堯叟云所賦之詩今無存不可復考○韓范云公入而賦姜出姜出而賦爲句大隧二句另讀林所謂詩詞也

折衷曰中愜融外愜洩自是歌詩體林何不讀之

純孝也

折衷曰純純一之義今於義訓篤爲允故依杜然非正訓故杜亦曰猶

孝子不匱

折衷曰杜以不匱直爲純孝甚疎故依毛萇訓竭

士踰月外姻至

何休云禮士三月葬今云踰月左氏爲短

折衷曰士三月葬左氏豈不知之者乎鄭玄數往月之說亦以意言之蓋古者三月曰踰月也後世古言之不傳不知其幾許何休暗於此故非左氏

弔生不及哀

杜云諸侯已上既葬則縗麻除無哭位諒闇終喪

陸粲云此說於經典未之前聞杜於晉朝元皇后喪議大子應既葬除服援此傳文及鄭伯辭享景王宴樂爲證先儒譏其巧飾經傳以附人情今以傳考之所謂弔生不及哀者蓋言惠公薨久今來賵不及其哀哭方盛之時耳至如子產爲鄭伯辭享直云免喪聽命傳亦但言葬鄭簡公杜何由知其定爲既葬而除也叔向譏景王明言三年之喪雖貴遂服禮

也乃謂其議宴樂而不議除服可乎杜既創爲此議故於傳
中諸言喪禮與已說不合者輙遷就解釋以求通如文元年
傳曰晉襄公既祥註云諸侯雖諒闇亦因祥祭爲位而哭昭
十年傳葬晉平公叔向辭諸侯之大夫曰孤斬焉在衰絰之
中註云既葬未卒哭故猶服斬衰十五年傳叔向議景王下
亦云天子諸侯除喪當在卒哭今王既葬而除故譏其不遂
此服自與前所議乖違葢雖委曲生意祗益顯其謬耳孔疏
乃云卒哭與葬相去非遠卒哭是葬之餘事故杜云然其黨
於所習而爲之護飾短闕抑又甚矣

折衷曰陸氏之難起杜於九原不復能開口

豫凶事非禮也

朱熹云仲子未死而來歸其賵蓋天子正以此厚魯古人却不諱死即令人造生棺生墓亦何嘗諱死邪

折衷曰此非無理而非禮也古豈有之乎可見宋儒舍禮而言理不自知背馳於道也悲哉此本非春秋之意雖朱氏而知之唯爲見不諱死之事援而言之耳是禪者之見也烏知君臨臣喪以桃茢先之也凌氏附左氏之註何也

趙汸云惠公失禮再娶仲子蓋嘗假寵王命以爲夫人故王室知有仲子仲子得與惠公並稱蓋王室已嘗名之曰魯夫人也然失禮甚矣

折衷曰趙氏何由爲此說乎夫無所由以意會理而責人焉乃自負之言也仲尼之靈其與之乎宋後之說春秋皆是類

也春秋之世待假王寵而稱夫人乎魯㦃自稱夫人已仲子以禎祥娶焉夫諸侯有一嫡失禮已再娶非失禮也傳曰齊桓公三夫人如夫人者六人則繼元妃之室者亦可稱夫人然諸侯之妃通稱夫人則在經不輕書夫人而亦隱公之世有夫人子氏薨則似不甚拘故傳間言元妃以別之

有蜚不爲災亦不書

折衷曰此亦與上不書蝝同義非故發例也杜云莊二十九年傳例曰凡物不爲災不書又於此發之者明傳之所據非唯史策兼采簡牘之記誤也

惠公季年至始通也

凌稚隆云云觀下惠公之薨也有宋師則義或然故收之

葬故有闕

折衷曰凌稚隆故訓事此以故在葬下下叉有是以似重復也故在葬下下叉有是以是左文之妙處如爲事則非左之口氣也

衛侯來會葬不見公亦不書

杜預云諸侯會葬非禮也不得接公成禮故不書於策

折衷曰杜意似謂以非禮故公不見之夫人以好來豈得以非禮拒之乎公之不見不爲喪主也桓公未爲君故亦不見之也

新作南門不書亦非公命也

趙汸云傳三發非公命及公子翬固請會師見隱攝位之初

諸大夫不知亶畏

折衷曰此以後世視古也不須多辨也且左氏爲之者邪亦不知左氏也

蔡伯來

呂本中云春秋書來有三内女書來例也中國書來貶也夷狄書來畧也祭伯以畿内諸侯而書來以私交而貶之也

折衷曰内女歸寧書來此本不與中國夷狄之來同不可一例論也夷狄之畧或有之中國之貶不必也祭伯以王臣爲竟外之交可謂非禮也然非王命而以王事來亦未可知也故傳但曰非王命而不曰非禮也何必見貶意後儒恣自爲例其意欲必見貶也聖人不如斯苛刻況多是鑿空之說乎

衆父卒公不與小歛故不書日

胡安國云公孫敖卒于外而公在内叔孫舍卒于内而公在外不與小歛明矣而書日左氏之說亦非也其見恩數之有厚薄歟

折衷曰公孫敖卒于外而公在内叔孫舍卒于内而公在外雖欲與小歛可得乎故書日見非有所薄也

經 二年春公會戎于潛

杜預云戎而書會者順其俗以爲禮

折衷曰杜其意則可矣然似以戎書會且雖禮有省畧書會則會也不言之而可也故削之

莒人入向

顧炎武云解譙國龍亢縣東南有向城非也於欽齊乘言今沂州西南一百里有向城鎮桓十六年城向宣四年公及齊侯平莒及郯莒人不肯公伐莒取向襄二十年仲孫速會莒人盟於向杜氏於宣四年解曰向莒邑東海承縣東南向城遠疑也按春秋向之名四見於經而杜氏解爲二地然其實一向也先爲國後并於莒而或屬莒或屬魯則以攝乎大國之間耳龍亢在今鳳陽之懷遠尤遠惟沂州之向城近之

折衷曰龍亢遠則應在沂州者是也但爲四見一向或屬莒或屬魯則未知果然否也

秋八月庚辰公及戎盟于唐

凌稚隆云書日嚴之也

折衷曰盟戎何嚴之有蓋史異辭

紀子帛莒子盟于密

凌稚隆云杜預氏註子帛即裂繻字果爾則春秋前書名後書字何所區別于其間邪或謂紀本侯爵當是侯字之誤或疑帛字爲及字與字之誤或謂此闕文也當云紀侯某伯莒子盟于密諸說皆無所考闕焉可也

折衷曰杜云子帛裂繻字也按帛繻義通其必然杜又云稱字以嘉之也按春秋有此例杜說明白何容疑又外相盟不書及知非及字與字之誤

夫人子氏薨

杜預云桓未爲君仲子不應稱夫人

折衷曰公羊之義母以子貴此杜據公羊爲君母皆應稱夫人今桓未爲君故不應稱夫人也考傳有不必然者故今削之

凌稚隆云夫人子氏薨杜預氏以爲仲子若果仲子何以元年歸賵三年考宮經文直書其名曰仲子之賵仲子之宮而于此乃始稱夫人豈其自相矛盾邪穀梁又以爲隱夫人夫子氏既爲夫人隱公則非攝矣公羊又以爲隱公之母何以不書葬子將不終爲君故母亦不終爲夫人噫經文明書爲夫人子氏卒又不終爲夫人邪程子從穀梁胡氏因之愚謂諸皆無所考闕疑焉可也

折衷曰聲子不可以爲夫人則公羊說非是若隱公夫人則

隱既立爲君紀元年稱公何不可稱夫人程胡從穀梁爲有理但以前歸仲子之賵後考仲子之宮觀之則爲仲子無疑矣蓋隱公爲桓之母故成其喪以赴諸侯故於此故稱夫人是隱公之意也然本不應稱夫人故元年三年並稱仲子也

鄭人伐衛

陸淳云成公以前侵伐稱人者遠事難詳不必皆微者也

折衷曰成公以前稱人如非微者則微者稱人之例不立也春秋者當時史官所記何難詳之有後儒以爲仲尼辭故有此說

傳 莒子娶于向至以姜氏還

杜預云傳言失昏姻之義凡得失小故經無異文而傳備其

事按文則是非足以爲戒他皆倣此

折衷曰經示戒則何無異文而唯書莒人入向邪傳專明經者也曷言昏姻之義此拘褒貶故云然非也

經 三年二月巳巳日有食之

折衷曰後世曆術詳密然歲建之差不能終無焉豈如唐虞從天象而正時之簡明乎於是知聖人之不可及也如日食爲日月之常而有定期徒使人君不畏天此後術者之罪也且不與春秋合乃日踈脫果爾則漢初何有頻月而食乎殊不知天象順人氣而變何也聖君在上則日月清明寒暑不更節若乃暴虐之君則天必降妖祥行度以差且夫二十八宿彌綸宇宙豈特在唐山邪然分野而占之各有咎休之徵

本土民間占候風雨有與唐山不同者亦應驗焉故放古而行之日月應不如期而食以建寅之月爲正月則時候亦應從之日纏必復古今斗柄不建方有名而無實而歲差不能如之何是人之不能遂勝天也而謂我能窺天之秘也是不畏天者也

穀梁云言日不言朔食晦日也朔日並不言食晦夜也朔日並言食正朔也言朔不言日食旣朔也

折衷曰左氏桓十七年言書日之例而不言不書朔之失則穀梁之說或然然左氏以不書日爲過亦不合且此己巳爲二月晦則三月不得有庚戌乃爲二月朔明矣傳不言不書朔之過者亘不備已

天王崩

折衷曰胡安國引成王之喪大保率西方諸侯畢公率東方諸侯以罪隱公不會王葬此良然然周德衰王綱解紐故春秋之時以使上卿為禮而猶有不會者此時勢也夫時勢不可奈何者也是本周王無德之所致而罪在王豈可罪諸侯邪故王者不可不務德焉聖人千言萬語皆此物也後儒言義而不知仁故不能知春秋也

武氏子來求賻

杜預云魯不共奉王喪致令有求經直文以示不敬故傳不復具釋也

折衷曰魯不共奉王喪誠不敬也然來求即非示不敬亦應

書於策傳不言則未可必也

齊侯鄭伯盟于石門

林堯叟云此特相盟之始書石門以志諸侯之合書鹹以志諸侯之散以見春秋之終始鄭齊爲之也

折衷曰石門鹹豈諸侯之合散乎假有之自然成者也春秋有意示之邪若非合散則可不書邪林叟理窟之言可惡也凡後儒之說春秋有一種氣習其意謂如此而庶幾足爲譏其人乎滔滔者皆是也

傳三年春王三月壬戌平王崩至末

湛若水云由此可見春秋之書皆因魯史之文魯史之文皆因列國之赴告而諸儒拘拘謂聖人一字之襃貶此不足以

得聖人之心
折衷曰可謂千載卓見矣
不書姓爲公故曰君氏
凌稚隆云春秋未有改姓以見義者如定十五年書姒氏卒姒氏非夫人亦未嘗以君故改其姓也君氏之義未安然諸家以爲尹氏者又未有據愚謂左氏近古據史爲傳豈得改尹爲君恐且當從左氏
折衷曰非改姓不書姓也君氏非姓於禮不稱夫人則不書姓不書葬以隱公現爲君故曰君氏君氏猶曰君家也如姒氏則内常稱夫人故書姓書葬以非元妃不稱夫人也不然則姒氏書葬左氏之言自矛盾後儒不知雖非元妃而稱夫

人也又嬀氏得配夫謚則其爲元妃亦未可知也經脫夫人
字已爲尹氏之說臆度之見不足據也

四月鄭祭足帥師取溫之麥秋又取成周之禾

傳遂云杜於桓五年註云足祭仲之字陸粲辨其謬良然蓋
足其名而仲其字耳

折衷曰觀桓十一年經書祭仲則杜說爲是詳見桓五年傳

疏

傳又云杜云四月今二月也秋今之夏也麥禾皆未熟言取
者蓋芟踐之陸云先儒謂春秋間有用夏正紀事者此類是
也以取爲芟踐強說耳愚謂麥禾雖未熟軍中豈無別用杜
既強說而云用夏正者亦鑿故削而改云爲牧圉用

折衷曰傳說是也

誰能間

林西仲云間暗指周之羣臣

折衷曰此泛言者也不必周之群臣凡似而近者人之所易惑故後皆煩辨之

澗谿沼沚之毛

傳遜云杜云谿亦澗也愚謂既有二名當小有別按爾雅說文皆云山夾水曰澗山瀆無所通曰谿豈皆無所通乎故采爾雅註而畧改之

折衷曰爾雅釋水曰水注川曰谿李巡曰水出於山入於川此不必澗水如是而通乎林說山谿爲澗通川爲谿不成義

蘋蘩薀藻之菜

傳遜云杜云薀藻聚藻也毛晃謂薀亦水草愚考本音溫令

薀草也其薀崇薀利宜作蘊此訓聚作蘊文義乖矣

折衷曰傳說是也令薀之令恐衍文

顧炎武云玉篇薀於粉切菜也毛晃曰薀亦水草

君子曰宋宣公可謂知人矣立穆公其子饗之命以義夫

孔頴達云義者宜也錯心方直動合事宜乃謂之爲義宣公

之立穆公知穆公之賢必以義理不棄其子令穆公方卒命

孔父以義事而立殤公是穆公命立殤公出於仁義之中故

杜云命出於義也必知命以義夫謂穆公命立殤公者以杜

註云帥義而行則殤公宜受此命宜荷此祿公子馮不帥父

義終傷咸宜之福明知殤公受穆公之命與殷湯武丁同有
咸宜是知穆公命殤公是爲義也
林堯叟朱申皆云言宣公遜國之命出於義也
折衷曰本文命以義夫之命謂天命也故下引詩曰殷受命
咸宜夫曰殷受者非天命乎杜命出于義之命亦謂天命也
故下注云殷湯武丁受命以義正義以爲穆公之命以杜注
宜受此命宜荷此祿證之姝不知二宜字卽咸宜之宜也受
命荷祿咸宜者天命之也故杜下注又云傷咸宜之福豈不
然乎正義不但乖本文又與杜氏違大謬矣林朱不足言
商頌曰殷受命咸宜百祿是荷其是之謂乎
劉繼莊云傳明言使公子馮出居于鄭而杜預曰公子馮不

幸父義忿而出奔因鄭以求入終傷成宜之福故知人之稱唯在宣公也何邪

折衷曰雖穆公使馮出而馮猶垂涎未出旣羣臣之立已穆公卒而殤公立於是出于鄭故四年傳則曰出奔鄭且鄭欲納之宋先伐之以其機見也但傳不備耳杜未可非也杜爲闢公羊言之也本是無用之言故今削之

衛莊公娶于齊

折衷曰已下至四年傳衛州吁弑桓公及公及宋人遇于清一連文此例甚多杜盡分之誤矣今合之屬次年

經　四年衞人殺州吁于濮

杜預云州吁殺君而立未列於會故不稱君例在成十六年

折衷曰凡諸侯不擇嗣立弑立不踰年則不稱君成十六年晉人執曹伯曹人請于晉曰若有罪則君列諸會矣此曹人責晉人言晉執君亡賢公子是亡曹國也今君雖有罪不至滅國抑先君有罪乎若先君有罪則諸侯何列諸會乎既列諸會則罪不在國何不立君乎也杜以列于會爲成公縱爲成公是非倒矣又宣公殺惡取國納賂於齊以請會傳曰會于平州以定公位是謂會而定位矣非謂會則位定也毫釐之差所由致誤也但會則應位定然不踰年則不稱君春秋之法也不可以彼釋此也

傳 小加大

杜預云小國而加兵於大國如息侯伐鄭之比

陸粲云此亦以班位上下言之不必專謂兵

折衷曰班位上下亦不必矣凡事皆然馮李驊爲妾加于夫亦拘

君義臣行

折衷曰以上下之文觀之是言君臣之交也杜云臣行君之義非也

不聞以亂

杜預云亂謂阻兵而安忍

折衷曰杜非是收林說

猶治絲而棼之

林堯叟云治絲之道以和緩爲先棼猶紛也若棼之益見亂

而難治
折衷曰呂刑曰泯泯棼棼亂也林訓紛誤矣
阻兵無衆安忍無親
杜預云恃兵則民殘民殘則衆叛安忍則刑過刑過則親離
折衷曰杜言其常也今衆仲就所見而爲言者也故改之
宋公使來乞師
杜預云乞師不書非卿
折衷曰非卿則當稱人書之何可不書杜非也
諸侯之師敗鄭徒兵
杜預云時鄭不車戰
折衷曰詳文意鄭别有徒兵而敗之也又鄭字絶句徒兵爲

諸侯之兵亦通

何以得覲

劉繼莊云身居公侯之職乃不知所以得覲邪

折衷曰春秋之時周德雖衰州吁弑立位未定王命未至猶畏憚之豈得敢覲也劉氏何不知之耶

老夫耄矣

杜預云八十曰耄

顧炎武云曲禮大夫七十而致事自稱曰老夫

折衷曰曲禮云八十九十曰耄故杜取注其意謂老而至八十九十之年也拘泥甚矣耄惛忘也如昭元年老將知而耄及之之耄是也故下曰無能爲也顧氏定爲七十更非也曲

禮言自既致仕以往得自稱老夫也

請涖于衞

折衷曰馮李驊涖訓治非也

【經】五年公矢魚于棠

洪适云竊謂矢射也周禮所謂矢其魚鱉而食之是也推而上之若皐陶矢厥謨亦射義也訓直者未當周道如砥其直如矢乃詩人比喻之詞故可以云直如書之矢謨詩之矢魚皆出於任意而爲之故可以言射皐陶矢謨卽董仲舒之射策

朱熹云據傳曰則君不射是以弓矢射之如漢武親射蛟江中之類

王應麟云淮南時則訓季冬命漁師始漁天子親往射則左
氏陳魚之說非矣
俞成作矢魚于棠說謂三十六家春秋皆以矢爲觀非也而
引周禮矢其魚鼈而食之直作射解文長不載
折衷曰矢訓陳是正義也訓射者非也王應麟引時則訓以
左氏爲非觀其曰命漁師始漁者非陳漁而何也而射在其
中由時則訓觀之古有射魚之事蓋隱公始欲往棠而射魚
也以僖伯諫之獨命漁師陳漁而觀之不復射之也周禮之
矢亦陳也謂陳魚鼈而射之也深水之魚鼈豈得射之乎洪
氏直訓射非矣遂以矢讀之矢爲射策之義豈足言邪朱氏
引漢武射蛟事是臨時非常之事也非其倫也又引傳君不

射證之亦非也傳之言謂凡田獵也杜及正義説可從也

考仲子之宮初獻六羽

孔頴達云考謂宮成而祭之非專謂宮廟之成也

折衷曰本文當云考仲子之宮而祭之初獻六羽祭文字省畧耳考成也專謂宮廟之成非謂宮成而祭之也

杜預云惠公以仲子手文娶之欲以爲夫人葢隱公成父之志爲別立宮也

折衷曰此臆度之見故改之

孔又云初謂初始而獻非在後恒用

折衷曰此説非也傳註可并考也

李廉云書初例二初獻六羽復正之初也初税畝變古之初

也

折衷曰下圍長葛李氏又立圍例二一後儒譏左氏言例而其自檀立例如此且春秋豈如此委瑣乎

杜又云公問羽數故書羽

折衷曰胡說明切杜非

傳 凡物不足以講大事

劉繼莊云凡物謂凡事

折衷曰非也物即物也乃共於大事之物

君將納民於軌物者也

折衷曰君字劉繼莊屬上非也

故講事以度軌量謂之軌取材以章物采謂之物

折衷曰凌稚隆劉繼莊竝以量采屬上一句讀非也此釋上執物二字也以量釋執以采釋物馮李驊讀是也但馮氏以采爲可采擇者則非是也正義是也

歸而飲至以數軍實

折衷曰凌稚隆飲至絶句以數軍實屬下非也此以一以字冠昭文章明貴賤辨等列順少長習威儀也而看也不知以是而字用也

且言遠地

杜預云舊說棠魯地據傳公辭欲畧地則非魯竟也

折衷曰巡行安必他竟且爲觀魚而往以畧地爲辭無爲他竟之理且杜土地名棠在魯部内乎强引東畧之不知證之

誤也

以鄭人邢人伐翼

顧炎武云解邢國在廣平襄國縣按此解宜移在上年衛人逆公子晉於邢之下

使曼伯與子元潛軍軍其後

顧炎武云無解子元疑卽厲公之字昭十一年申無宇之言曰鄭莊公城櫟而寘子元焉使昭公不立杜以爲別一人厲公因之以殺曼伯而取櫟非也蓋莊公在時卽以櫟爲子元之邑如重耳之蒲夷吾之屈故厲公於出奔之後取之特易曼伯則爲昭公守櫟者也九年公子突請爲三覆以敗戎桓五年子元請爲二拒以敗王師固卽厲公一人而或稱名或

稱字耳合三事觀之可以知厲公之才畧而文資之以巖邑能無篡國乎

折衷曰以申無字之言觀之顧說甚有理

將萬焉

折衷曰萬自公羊諸儒皆爲武舞然以左氏觀之爲舞之總稱不擇文武故杜解曰舞也傳遂從之而其考證畧備

天子用八諸侯用六大夫四士二

傳遂云杜云八八六十四人六六三十六人四四十六人二二四人此本何休公羊註服虔以爲用六爲六八四十八人用四爲四八三十二用二爲二八十六杜以舞勢宜方行列既減則每行人數亦宜減故同何說然此傳本文

云舞所以節八音而行八風故自八以下又宋元嘉中大常傳隆云夫舞者所以節八音八音克諧然後成樂故必以八人爲列自天子降殺以二者減其二行耳此爲有據若如杜意則自諸侯以下節宣皆不以八矣陸又云至士止餘四人豈復成樂服說爲當故遂革而從之

顧炎武云解云六六三十六人東坡志林引宋書樂志文帝元嘉十五年給彭城王義康舞伎三十六人大常傳隆以爲左傳諸侯用六杜預以爲三十六人非是舞所以節八音故必以八人爲列自天子至士降殺以兩兩者減其二行爾若如預言至士止有四人豈復成樂服虔注左傳與隆同襄十一年晉悼公納鄭女樂二八以一八賜魏絳此樂以八人爲

列之證隆言是已
本朝物茂卿用杜說字鼎用服說以解論語
折衷曰自有何服二說後世紛紛然本文止言八佾六佾而不言一佾之數用幾人也何服謂一佾爲八人而用八者六十四人者因節八音行八風以已意言之已依其義而一佾爲八人則爲六佾六六三十六人四佾四四十六人二佾二二四人明矣何則若無八佾之文止言六佾則服虔又不得不爲三十六人本文曰舞者所以節八音行八風八風者八方之風舞勢宜方則我不得不從何杜也傳隆云夫舞者所以節八音八音克諧然後成樂故以八人爲列自天子降殺以二者減其二行耳此以本文用八爲八人也殊不知曰用

八者謂用八佾也非用八人傅士凱顧寧人依此用服說此
何所據傳云如杜意則自諸侯以下節宣皆不以八矣此乃
隆之意也是其意謂本文曰節八音則用八人而一人節金
一人節石一人節絲一人節竹一人節匏一人節土一人節
革一人節木也故曰自諸侯以下節宣皆不以八矣此兒童
之見也本文之意以節八音而行八風取義於此而用八也
而用八之八八佾之八而非一佾爲八人之八也本文明白
矣然則若必節宣不以八而不成舞則諸侯以下用六者不
成舞也陸粲云至士止餘四人豈復成樂此又不知類之說
也夫四人何成樂而不可言不成舞也舞者樂中之一也本
文言羽數是舞也非樂矣顧陸氏非不知之者好欲反杜而

至自欺然不得言不成舞變而曰樂可見其窮矣顧氏云襄十一年晉悼公納鄭女樂二八以一八賜魏絳此樂以八人爲列之證也此說孔穎達既辨之顧氏何不讀之

夫舞所以節八音而行八風

折衷曰八方異風八器殊音故八音以象八風舞之節八音所以行八風也故有而字非謂節八音與行八風也杜故曰以八音之器播八方之風可以見也孔穎達引服虔說以八卦之風配八音夫緯書傳會豈可據乎是誤學者不少也但調陰陽和節氣是樂之大用故收之

始用六佾也

折衷曰杜云魯惟文王周公廟得用八物茂卿以明堂位無

文王之文爲杜誤然襄十二年傳周廟周公廟並言而周公出於文王則有文王之廟必矣

宋人使來告命

杜云告命策書

折衷曰告命非策書故削之然告命則應必用策書詩所謂簡書是也不可不知也

對曰未及國

傳遂云杜云忿公知而故問責窮辭陸云責以必窮之辭耳此文曖澁疑有誤愚謂宋使既忿公知而又問則宜有他辭示不滿於公意何緣諱之如此蓋使者未知公之聞其入鄭尚有鄰國疑慮之心故不以實告而以緩詞自諱故公以見

外怒之甚也下云君命寡人同恤社稷之難其意可見
顧炎武云解忿公知而故問責窮辭按此非人情改云使者
未知公之聞入郛諱之不以實告
折衷曰傳氏顧氏皆以杜爲非以余觀之杜不必非蓋宋不
以入郛之故告公從他聞之則傳氏之說或然也下云君命
寡人同恤社稷之難令問諸使者曰師未及國則非不告之
者也乃急遽之際使者至應先達入郛之急而就館也使者
豈不知公先聞之郛公見之故問者蓋親問而許之欲以德
使者使者知其意故慍不以實告此人情也顧氏爲非人情
者可謂不知人情矣不然則公之怒亦非人情也傳氏云有
鄰國疑慮之心者戰國之時猶尚無其事況春秋乎又謂公

怒於見外也甚迂也
叔父有憾於寡人
顧炎武云僖伯孝公之子惠公之弟故曰叔父杜解諸侯稱
同姓大夫長曰伯父少曰叔父此乃通稱之辭當移在莊十
三年上大夫之事吾願與伯父圖之下
折衷曰顧說是也從之
傳翼九宗五正頃父之子嘉父
折衷曰杜似以九宗五正與頃父之子爲二族林堯叟淩稚
隆似九宗爲一五正爲一頃父之子爲一並爲三族也味語
氣似爲一族也
商書曰惡之易也如火之燎于原不可鄉邇其猶可撲滅

折衷曰盤庚無惡之易也四字按在盤庚言雖火不可鄉邇
而猶可撲滅也今詳此文承上長惡不悛從自及也而曰惡
之易也則杜說爲是

芟夷蘊崇之

折衷曰周禮稻人云凡稼澤夏以水殄草而芟夷之
馮李驊云蘊崇乃詩所謂荼蓼朽止者

善者信

折衷曰信當從申音

晉鄭焉依

王楙云左傳晉鄭焉依焉今讀爲延字非嫣字也然觀庾信
有晉鄭靡依之語是讀爲嫣字矣考顏氏家訓諸子書焉字

鳥名或云語詞皆音嫣自葛洪用字苑分焉字音訓若訓安當音嫣如於焉嘉客於焉逍遙焉用佞焉得仁之類是也如送句及助語當音延如有民人焉晉鄭焉依之類是也江南至今分爲二音河北混爲一音然則晉鄭焉依者謂晉鄭相依耳焉者語助而庾信謂雙依則失其義

折衷曰焉字今無讀嫣者但其晉鄭相依甚是也蓋晉鄭依於周故周得不滅也焉字無意義依字或爲賴字而看大非

猶懼不蔇

馮李驊云蔇說文草多貌于此當是來朝衆多之意

折衷曰馮說鑿甚訓至爲是

經　七年叔姬歸于紀

凌稚隆云其後桓十二年紀滅宗廟在酅叔姬不歸宗國而歸于酅以全婦道春秋賢之故書此張本

折衷曰何休亦註此旨於公羊杜不取者魯史何以豫知之當十七年前書之乎假孔子追書之無時史之記何以知之

戎伐凡伯于楚丘以歸

凌稚隆云一人而曰伐不與戎狄之報中國也或云伐當作執蓋字之誤

折衷曰此乃後儒得意之說尊王抑霸尊君抑臣尊內抑外尊中國抑夷狄是其說春秋病根

杜預云但言以歸非執也

折衷曰劉炫之規孔氏辟之杜據穀梁穀梁足據邪其執與

否未可知要之無用之辨已今削之

傳 凡諸侯同盟於是稱名故薨則赴以名告終稱嗣也以繼好息民謂之禮經

杜預云此言凡例乃周公所制禮經也十一年不告之例又曰不書於策明禮經皆當書於策仲尼修春秋皆承策爲經丘明之傳博采衆記故始開凡例特顯此二句他皆放此

折衷曰杜氏謬以此傳爲告則書於策之例十一年爲不告則不書於策之例也殊不知書於策與不書之例悉在十一年故彼傳曰凡諸侯有命告則書不然則否豈不明白乎杜氏以本文無赴則書於策之例傳會以謂之禮經爲其事故曰凡例乃周公所制禮經也此其誤之尤大者也蓋凡例周

公所制禮經是則勿論也然此之所言者先王爲使諸侯相和而息民制同盟之禮是乃禮經也非總指凡例而言也故杜又云禮經皆當書於策其含糊可以見矣

秋宋及鄭平七月庚申盟于宿

凌稚隆云凡平而後盟經不書

折衷曰此不告也瓦屋之盟是平而後盟者經書之凌誤矣

歃如忘

折衷曰正義是也林堯叟依服說誤矣

經 八年宿男卒

杜預云亦或丘明所得記註本末不能皆備故

折衷曰亦杜誤之大者也夫春秋周公之法而時史之記也

故時史非得周公之法則不能也其法乃凡例是也丘明主左史固所熟也豈假於記註邪杜其意蓋謂春秋周公之記而其例散在記註也夫非史官則不能作爲傳豈謂不得其法而爲之可乎此其意謂孔子修春秋丘明受之孔子夫雖孔子不學於時史而得知之

宋公齊侯衞侯盟于厇屋

折衷曰傳爲齊侯和三國然則衞侯下脫鄭伯二字杜爲鄭伯不與盟鄭不與盟而和事成乎況後有鄭伯以齊人朝王之事鄭伯與盟必矣

陳傅良云有參盟而後有主盟然則盟主之興其亦有感於私黨分而約劑亂歟

折衷曰後儒之不知春秋也非如此之事則不能言焉方嶽之盟自古有之傳有參盟特會之禮則參盟亦自古有之既有參盟則主盟亦自當有也其私黨盟主衰世之事而時勢之成者也是非春秋本意故傳不言之且臨文可知也要之無用之辨已

傳 宋公以幣請於衛請先相見

杜預云宋敬齊命

折衷曰先見未見敬齊之意故以意改之

以泰山之祊

折衷曰祊古來皆止為地名竊按字从示必是祭名也詩以社以方方祀四方也周禮致禽祀祊與獻禽祭社對故鄭玄

彼註引詩爲祭四方然則祊天子祭泰山之名也鄭湯沐之邑因稱祊非地名直曰祊本文曰泰山之祀曰泰山之祊泰山不應重復又曰泰山之祊則南西北三嶽亦見以有祊邑且桓元年傳不曰許田而曰周公是明諱鄭魯俱廢祭也此泰山之祊對許田是稱地也彼傳祊對周公則指祭而言非指地也不曰周公之祭者省文已

易許田

公羊云此魯朝宿之邑也則曷爲謂之許田諱取周田也諱取周田則曷爲謂之許田繫之許也曷爲繫之許近許也

折衷曰經諱易田故曰璧假既曰假則曷諱言周地乎左氏則曰爲周公祊故也不諱廢周公之祭而諱取周地是後世

名分之說也且以近日許田豈有此迂闊邪杜許田依公羊非也今從劉氏

先配而後祖

折衷曰服虔鄭衆說不合于禮正義辨之是也且從杜明人有先朝祖廟而後配之說而以士昏禮爲非然臆斷以取捨古禮不知其可也鄭玄爲祓道之祭似可依也然有誣其祖之語則非是也

胙之土而命之氏

傳遂云杜以胙爲報陸從韋昭以胙爲祿竊謂報亦祿之意不如祿明故從之

折衷曰傳說極是而杜註與上註相接以陳騐之故亦收之

諸侯以字爲謚因以爲族

傳遜云杜云諸侯位卑不得賜姓故其臣因氏其王父字或

便卽先人之謚稱以爲族陸按鄭玄駁許愼五經異義引此

傳文云諸侯以字爲氏今此以氏爲謚者傳寫誤也杜考之

不詳乃妄斷其句而强解之愚初依杜讀傳本覺短澁不成

文句固宜以謚作氏但春秋中實有以謚爲氏如宋戴惡衞

齊惡之類疑不能決旣而再讀正文則知杜說之謬無疑也

益羽父爲請謚與族公問族於衆仲公未問氏也而衆仲對

云諸侯以字爲氏因以爲族則問對相承了然自明矣又下

文公命以字爲展氏則用衆仲之說又明矣而乃妄生意見

强斷爲句因一字之訛而不尋考上下文理抑何不達乎文

考宋戴惡蓋宋戴公之後傳中稱戴族者是也非其臣之謚衞齊惡齊為其臣之謚與否亦無定據孔疏曲以二人當之耳使戴齊果為二惡之先之謚則亦在衆仲所對之後衆仲時蓋未及之故朱子亦云此謚應作氏

折衷曰傳氏之辨極精確且以字為氏因以為族文理甚順況有駁異義可定據乎

公命以字為展氏

傳遜云杜云諸侯之子稱公子公子之子稱公孫公孫之子以王父字為氏無駭公子展之孫故為展氏劉敞曰此說非也使無駭真公子展之孫當其繼大宗也賜氏久矣其何待死而後賜氏乎且禮云公孫之子以王父字為氏非死而後

賜之也然則無駭固公孫羽父爲其子請耳陸是其說予以爲皆非也杜所云公子公孫公孫之子以王父字爲氏此據魯三桓鄭七穆等言之耳攷春秋不盡然也使諸侯之子若孫皆爲大夫其孫皆以王父字爲氏而世其官則一國中何其大夫之多盡其官而官之亦不勝矣葢雖均爲公子公孫必其有功于國爲時君所寵任者始命之氏而世其官若魯季友援立僖公鄭子良以國讓襄公而三桓七穆始盛于魯鄭皆天所啓也又或立國之初其子孫以父祖之烈亦得世其卿非槩以公子公孫而官之至公孫之子以王父字爲氏也東漢明帝有云吾子不得與先帝等得之矣若無駭不稱公子公孫則必非公子公孫矣其祖父雖爲公子公孫無功

於國豈得賜之氏乎則無駭必公孫之子若孫其先世未有賜氏者而無駭自以賢才見任於惠公隱公之世應世其官而賜氏故羽父爲之請如華督弒殤立莊故立華氏華督亦公族何前不賜氏乎此正與無駭事畧同但宋莊公感督迎立之恩故遂生而賜氏隱公雖任用無駭而無私寵故旣死待請而賜之爲不同耳杜因無駭死而賜氏遂以督未死賜氏爲督之妄亦據一而該百矣豈先王有定制乎且展舒轉之義正與無駭字義相逼則展卽爲無駭之字公因衆仲以字爲氏之言而遂以賜之傳文甚明杜乃借彼以解此復據此以該彼其非通方之論而强且鑿也甚矣劉敞亦以三桓七穆爲比卽祖其意以規其失而陸乃是之亦欲異杜而不

究其原矣若鄭樵氏族畧又云魯孝公子四人惟展無字以名爲氏何所據而知之其誕漫無稽也尤甚不足辨也

折衷曰杜據魯三桓鄭七穆立說觀有公子公孫之稱而不稱氏則杜說不可易但爲賜死者故又以無駭爲公孫之子此以本文請謚與族也殊不知謚無駭所專而族非其所專也賜族賜其子也天子建德賜姓豈賜死者者邪劉敞說極允何者諸侯之子稱公子公子之子稱公孫則知以恩親爲公族而不別之也至公孫之子其親遠矣故賜氏別族也既不得稱公曾孫若不生賜則以何物稱之乎是以公孫死而賜之生則公族死則別族故公孫之子以王父字爲氏就生者而言也何也公孫絶嗣則不復賜族焉傳遂曰必其有功

于國爲時君所寵任者始命之氏而世其官此其意謂凡賜
族者皆爲大夫而世其官大謬上傳曰天子建德因生以賜
姓胙之土而命之氏諸侯以字爲氏因以爲族官有世功則
有官族邑亦如之因此孔穎達爲天子諸侯槪褒有功賜姓
氏諸儒皆爲然是其謬也天子異姓之臣有功德封之爲諸
侯特賜姓示恩義其親之爲諸侯不及賜姓乃許稱天子之
姓亦示恩親也諸侯之賜族異于是必公出而至三世則賜
氏而別族其異姓乃從來有姓氏何須賜之也故天子諸侯
賜姓氏則一而其事則不同也諸儒因云天子建德以爲諸
侯亦建德而賜族以古文簡約不知義之異也若曰不爲大
夫不賜族則公孫之子稱何乎宋督傳稱華父者字而非族

杜以爲族誤矣假爲族非恩榮之所與何以督爲妄邪傳氏
不知之穿鑿爲說且謂展字與無駭義相通以無駭之字爲
無駭之氏然則督字華而生以其字爲氏則稱華華父乎可
謂不通之論矣

傳九年大雨霖以震

劉炫云經無霖字傳無電字傳誤耳

折衷曰杜說明暢經誤耳

冬、公會齊侯于防謀伐宋也

林堯叟云春秋之初齊鄭一黨也故鄭告伐宋而齊僖公會
魯以謀之

折衷曰以情視之其事或然然齊之求會不可必故不取也

林必為此說者上止曰鄭人以王命來告伐宋此似鄭不令魯伐宋而使齊誘之然下入郕入許皆討違王命也乃知鄭以王命旁令諸侯伐宋也止曰以王命來告伐宋者古文簡故也

乃可以逞

杜預云逞解也凌稚隆云快也

折衷曰杜因患戎師訓解逞無解義非也凌說是也

經 十年公敗宋師于菅

折衷曰杜云齊鄭後期故公獨敗宋師不必然

辛未取郜辛巳取防

林堯叟云鄭取郜防歸于我不書鄭譏不在鄭晉取濟西汶

陽郜田歸于我不書晉譏不在晉也

折衷曰凡伐罪不服則大而滅國小而取邑不然何所懲後儒以春秋爲譏詆書故有林說

伐戴

馮李驊云正義云據地志梁國甾縣故戴國然則戴當從甾聲

折衷曰公穀並作載今讀再聲則似當作載然漢於戴國立甾縣鄭玄又讀甾則似非載也疑傳疑而可

傳盟于鄧爲師期

杜預云尋九年會于防謀伐宋也

折衷曰此爲伐宋而非爲尋會杜非是

經十有一年

折衷曰有字正義引于寶說他又作又葢有又音通

傳君謂許不共

折衷曰杜云不共職貢非也故改之

無寧茲許公復奉其社稷

折衷曰林堯叟以杜訓無寧爲寧故爲許字絶句許指許叔公指莊公殊不知杜以句尾無乎字訓寧以示義耳若許字絶句鄭澁不成文故林西仲曰無寧寧也茲指許公十字當作一句讀若論行文常法止應云寧許公復奉其社稷因句多一無字一茲字婉以取姿坊本遂分二句上下文理不貫讀者相沿囫圇吞棗可發一笑此說明暢破林叟以棟之惑

但非多一無字句末省一乎字也凡乎字多是反語而傳中
省之者極多

唯我鄭國之有請謁焉如舊昏媾其能降以相從也

折衷曰其能降以相從也林西仲屬上觀有也字極爲是但
云如往年昏姻之事或肯相從是鄭雖不能久有許亦可以
得許之益從字爲許鄭相從非也杜降心之說亦非也

乃亟去之

折衷曰乃字林西仲訓汝非也語助

凡諸侯有命告則書

杜預云命者國之大事政令也承其告辭史乃書之于策若
所傳聞行言非將君命則記在簡牘而已不得記於典策此

蓋周禮之舊制

折衷曰杜以師出滅國別出故以命字爲大事政令夫大事政令可謂之命乎命告者乃宋不告命之命也宋之不告命者師也豈別命師乎師與滅嫌應書故特書之耳其曰若傳聞行言非將君命則記在簡牘而已不得記於典策或然然以傳不書于策爲魯史有策與簡牘此以意言之者也其實未可知也又其曰周禮之舊制此則誠然然杜言之者春秋爲孔子之筆削謬見七年謂之禮經云然皆其誤者也

將以求大宰

孔穎達云周禮天子六卿天官爲大宰諸侯則并六爲三而兼職焉昭四年傳稱季孫爲司徒叔孫爲司馬孟孫爲司空

則魯之三卿無大宰也羽父名見於經已是卿矣而復求大宰蓋欲令魯特置此官以榮已耳以後更無大宰知魯竟不立之

折衷曰大宰卽周之天官其職同正義旣曰諸侯則并六爲三而兼職焉此說是也謂諸侯無大宰而可乎其引昭四年傳爲無大宰傳之言司徒司馬司空各當其職也傳又季孫曰冢卿叔孫曰介卿則季孫大宰而兼司徒明矣以傳後無大宰之文爲無大宰因又曰羽父欲新置此官大非也本文曰求大宰文意欲新置之義邪

戰于狐壤止焉

杜預云内諱獲故言止

折衷曰他國亦言止且傳記實何諱之

立桓公而討寫氏有死者

顧炎武曰杜云欲以弑君之罪加寫氏而復不能正法誅之

傳言進退無據改云言非有名位之人葢微者爾如司馬昭

族成濟之類

折衷曰杜註如無害然然曰進退無據非傳之語意故改之

顧說則非也

春秋集箋卷三十五

廣楅殿藏版

春秋經傳集箋

十三卷

全部七

廣楅山官

此書不許他有刊行若或敢犯之則無赦矣每冊圖記以爲證驗無者係贋本

發行書鋪文錦堂

京二条通 林伊兵衛

春秋集箋巻三十四　翻刻・訓読文

野間　文史

春秋集箋卷三十四翻刻・訓讀文

春秋集箋卷三十四

皇和　安藝　平賀晉民房父　著

經傳折衷首卷

春秋

賈逵云、春秋取法陰陽之中。春爲陽中、萬物以生、秋爲陰中、萬物以成。欲使人君動作不失中也。

劉熙云、春秋者、春秋冬夏終而成歲。春秋書人事、卒歲而完備。春秋溫涼中象政和也。故舉以爲名也。

賀道養云、春貴陽之始也、秋取陰之初也。*

杜預云、史之所記、必表年以首事。年有四時、故錯舉以爲所記之名也。

物茂卿云、春秋朝聘之名、莊子可證、管仲節春秋可證。晉霸主以乘賦爲史名。楚仇眎諸夏、以比檮杌。古時命名、質樸可見已。杜氏乃以錯舉四時爲解、古豈有之哉。

折衷曰、春秋名義、賈・劉等自是漢儒之言、非古矣。杜氏錯舉之解、實古樸不可易也。史豈但朝聘也。物氏之說非也。管仲之「節春秋」、亦錯舉之稱也。晉乘・楚檮杌是戰國命名、而春秋之時、皆亦稱春秋。夫春秋魯史記之名也。周時自王朝以及諸侯之邦、莫不有史也。而左史紀事、右史紀言、於今可見者、尚書・春秋是也。蓋周公輔成王、經營天下、禮樂・刑政悉備矣。旁修立史乘之法、襃善貶惡、以勸醒後人。伯禽親受於周公、而用之魯。故春秋之大經大法、周・魯一也。韓宣子適魯、見易象與魯春秋曰「周禮盡在魯矣。吾乃今知周公之德與周之所以王」、不其然乎。故傳曰「其善志也」、又曰「非聖人孰能修之」、謂周公也。杜氏其意謂「修」字不可屬周公、故以爲孔子之事。而「其善志也」不得不屬周公、故曰「周德既衰、官失其守、上之人不能使春秋昭明、赴告策書、諸所記註、多違舊章。仲尼因魯史策書成文、考其眞僞、而志其典禮、上以遵周公之遺制、下以明將來之法。其敎之所存、文之所害、則刊而正之、以示勸戒」。然則孔子特爲正魯史而作焉、小矣哉。孔子而其然乎。且夫春秋魯國之書、而非廣及天下者也。孔子匹夫、私改易之、以正魯國、雖復聖也、人孰容之。是知杜氏之非也。然猶以爲魯之春秋、所以度越後儒也。後儒徒知爲孔子之春秋、而不知爲魯之春秋也、可勝論邪。故春秋魯國之史、而其義則周公之大經大法也。而孔子表章之、以行於世。是以後世竝四教爲六經、以爲儒者之守業。然先王之道與敎、在詩・書・禮・樂。故孔子之傳先王之道於後世、亦唯在詩・書・禮・樂已。春秋非施於後世者也。何則春秋之文簡約、讀之惘然、不知爲何義。必經傳授、而後可言焉。故敎於後世、孔子決不然也。七十子以後奉儒者、以經孔子之手、竝四術及易爲六藝也。古六藝謂禮・樂・射・御・書・數、可見非古矣。然則春秋爲何而出乎。曰、孔子表之、及當時天下、欲勸善懲惡、一依禮義也。其義見於孟子、曰「王者迹熄而詩亡、詩亡然後春秋作」。蓋周成・康以後、雖不及先王之聖、猶能守道、天下之民爲文・武所化、皆能止於禮義。苟有過歌咏諷誦、乃以戒懼。及禮樂解紐、風化漸衰、遂至東遷、於是風俗大壞、至如有大併小、彊侵弱、臣子弑君父、雖有禮樂爲虛文、其曷顧諷諫。孔子之時、人情世態、一日漓於一日。孔子以道爲己任、傷其滔滔不可返、故作春秋以戒之。隱公與東遷畧相接、故春秋始隱公、是孔子之意也。此之謂「王者迹熄而詩亡、詩亡然後春秋作」也。胡安國不知此義、而曰「邶・鄘而下、多春秋時詩也。而謂『詩亡然後春秋作』何也。自黍離降爲國風、天下無復有雅、而王者之詩亡矣」、可謂愚論也。或曰、春秋之簡約、在當時恐亦難曉其義、如何。曰、在當時記載詳備、天下咸見之。故望春秋、可知其義也。韓宣子一見歎美之卽是也。雖魯春秋、唯此而已。時人亦不能知其義、必附記載行之、而後春秋之義彰矣。此聖人之敎之術也。物茂卿謂「魯春秋卽左氏之書是也。孔子抄出之示大義、猶如史記年表・通鑑目錄也。左書中如書・不書・故曰之類、是後人之傅會也」。若然則春秋何用爲。無書・不書・故曰等、則後世何以通春秋。可謂不通之論也。丘明世仕魯司左史、春秋之法、以其官守、固所熟知也。夫子之春秋出、恐後世不知爲何物焉、故輯會諸國之記載、徵其事實、又附注凡例及書曰・故曰等之言、以示其法、號之曰春秋左氏傳。於是周公之大經大法燦然而明、仲尼之勸善懲惡、使人止於禮義之意、赫然而彰矣。後世無禮之時、資於周・孔之義者、左氏實爲之也。可謂其功萬世賴之矣、豈可不尊崇邪。若無左傳、則春秋於何著手。故非駁之者、不能舍左氏而言春秋焉。雖然非知道者、則不能知春秋。不知春秋、則何知左氏之莫尙焉。夫亂道者孟子爲始。爲勸世作矯誣之言、春秋特甚矣。公・穀本「其義則丘竊取之矣」之言、襲左氏而加例、以其臆言「其義」、自言「出自子夏」矣。後儒信之、而不信「其義」、媲左氏爲三傳、併皆廢之、亦本孟子之言、恣言其義。夫先王之道仁也。不言仁而言義、其義亦非先王之義也。不知仁、不知禮、唯以責人爲務、故有貶而無褎。且論人苛刻矣。豈聖人雍容遜讓之意邪。蓋聖道亡而申・韓・商鞅之法浸潤于後世、以致然也。旣不知道、安知春秋乎。故不知道、則不能知左氏焉。不知左氏、則不能知春秋焉。且春秋之時、人情世態、名物度數、左氏歷歷、足窺聖人之世。故不知左氏、則知先王之道亦難矣。故通春秋也、左氏無餘蘊矣。

【校記】「秋取陰之初也」原文に「也」字を補う。

經傳折衷首卷

春秋

賈逵云ふ、《春秋》は法を陰陽の中に取る。春は陽の中爲りて、萬物以て生じ、秋は陰の中爲りて、萬物以て成る。人君の動作をして中を失はざらしめんと欲するなり。

劉熙云ふ、《春秋》なる者は、春秋冬夏終はりて歲を成す。《春秋》は人事を書し、歲を卒へて完備す。春秋に溫涼の中するは政の和するに象るなり。故に擧げて以て名と爲すなり。

賀道養云ふ、春は陽を貴ぶの始なり、秋は陰を取るの初なり。〔以上三氏は以下の杜預《春秋經傳集解》序の《正義》所引〕

杜預云ふ、史の記する所、必ず年を表して以て事を首む。年に四時有り、故に錯擧して以て記する所の名と爲すなり。〔《春秋經傳集解》序〕

物茂卿云ふ、《春秋》の朝聘の名なること、《莊子》〔漁父篇〕に證すべく、管仲の春秋を節とすること〔僖公12年傳〕に證すべし。晉の霸主は乘賦を以て史の名と爲す。楚は諸夏を仇眎し、以て檮杌に比す。古時の命名、質樸なること見るべきのみ。杜氏は乃ち四時を錯擧するを以て解と爲すも、古に豈に之れ有らんや。〔《徂徠集》卷二十二「對士茹問」〕

折衷に曰はく、《春秋》の名義、賈・劉等は自より是れ漢儒の言にして、古に非ず。杜氏の「錯擧」の解、實に古樸にして易ふべからざるなり。史 豈に但に「朝聘」のみならんや。物氏の說は非なり。管仲の「春秋を節とす」るも、亦た錯擧の稱なり。晉の乘・楚の檮杌〔《孟子》離婁下篇〕は、是れ戰國の命名にして、春秋の時には、皆な亦た《春秋》と稱す。

夫れ《春秋》は魯の史記の名なり。周時は王朝より以て諸侯の邦に及ぶまで、史有らざるは莫きなり。而して左史は事を紀し、右史は言を紀し、今に於いて見るべき者は、《尙書》・《春秋》是れなり。蓋し周公 成王を輔けて、天下を經營し、禮樂刑政 悉く備はれり。旁ら史乘の法を修立し、善を褒め惡を貶し、以て後人を勸醒〔覺醒〕す。伯禽親しく周公より受け、而して之れを魯に用ふ。故に《春秋》の大經大法、周・魯 一なり。韓宣子 魯に適き、《易》象と魯《春秋》とを見て、「周の禮は盡く魯に在り。吾れ乃て今 周公の德と周の王たる所以とを知る」と曰へるは〔《左傳》昭公2年〕、其れ然らずや。故に傳に「其の善志なり」〔昭公31年〕と曰ひ、又た「聖人に非ずんば孰れか能く之れを修めん」〔成公14年〕と曰ふは、周公を謂へるなり。杜氏の其の意は、「修」字は周公に屬すべからずと謂ひ、故に以て孔子の筆と爲す。而るに「其の善志なり」は周公に屬せざるを得ず、故に曰はく、「周德 既に衰へ、官は其の守りを失ひ、上の人は《春秋》をして昭明ならしむる能はず、赴告の策書、諸もろの記し註する所、多く舊章に違へり。仲尼 魯史の策書の成文に因り、其の眞僞を考へ、而して其の典禮を志し、上は以て周公の遺制に遵ひ、下は以て將來の法を明らかにす。其の敎への存する所にして、文の害ある所は、則ち刊りて之れを正し、以て勸戒を示す」と。然らば則ち孔子は特だ魯史を正すが爲めに焉を作るのみとは、小なるかな。孔子にして其れ然らんや。且つ夫れ《春秋》は魯國の書にして、廣く天下に及ぼす者には非ざるなり。孔子は匹夫にして、私に之れを改易し、以て魯國を正すとは、聖なりと雖復も人孰れか之れを容れんや。是れ杜氏の非なるを知るなり。然れども猶ほ以て魯の《春秋》と爲すは、後儒に度越する所以なり。後儒の 徒だ孔子の《春秋》爲るを知れども、而も魯の《春秋》爲るを知らざるは、勝げて論ずべけんや。故に《春秋》は魯國の史にして、其の義は則ち周公の大經大法なり。而して孔子 之れを表章し、以て世に行はる。是を以て後世 四敎に竝べて六經と爲し、以て儒者の守業と爲す。然れども先王の道と敎とは、《詩》・《書》・《禮》・《樂》に在り。故に孔子の 先王の道を後世に傳ふるものも、亦た唯だ《詩》・《書》・《禮》・《樂》に在るのみ。《春秋》は後世に施す者に非ざるなり。何となれば則ち《春秋》の文は簡約、之れを讀むも惘然〔ぼんやり〕として、何の義爲るかを知らず。必ず傳授を經て、而る後に言ふべし。故に後世に敎ふること、孔子は決して然せざるなり。七十子以後の儒を奉ずる者、孔子の手を經るを以て、四術及び《易》に竝べて六藝と爲すなり。古の六藝は禮・樂・射・御・書・數を謂へば、古に非ざるを見るべし。

然らば則ち《春秋》は何の爲めにして出づるや。曰はく、孔子 之れを表し、當時の天下に及ぼし、善を勸め惡を懲らしむること、一に禮義に依らしめんと欲するなり。其の義は《孟子》に見ゆ、曰はく「王者の迹熄みて《詩》亡び、《詩》亡びて然る後に《春秋》作る」〔離婁下篇〕と。蓋し周の成・康以後は、先王の聖に及ばずと雖も、猶ほ能く道を守り、天下の民は文・武の化する所と爲り、皆な能く禮義に止まる。苟くも過有らば歌咏諷誦し、乃ち以て戒懼せしむ。禮樂の解紐

〔弛緩〕し、風化の漸く衰ふるに及びて、遂に東遷に至り、是に於いて風俗 大壞し、大の 小を併せ、彊の 弱を侵し、臣子の 君父を弑すること有るが如きに至りては、禮樂有りと雖も虛文と爲れば、其れ曷ぞ諷諫を顧んや。孔子の時、人情世態、一日は一日より漓し。孔子は道を以て己が任と爲し、其の滔滔として返すべからざるを傷み、故に《春秋》を作りて以て之れを戒む。隱公は東遷と畧ぼ相接す、故に《春秋》の隱公に始まるは、是れ孔子の意なり。此を之れ「王者の迹熄みて《詩》亡び、《詩》亡びて然る後に《春秋》作る」と謂ふなり。胡安國は此の義を知らず、而して「邶・鄘より下、《春秋》の時の《詩》多きなり。而るに『《詩》亡びて然る後に《春秋》作る』と謂ふは何ぞや。〈黍離〉降りて〈國風〉と爲りてより、天下に復た〈雅〉有る無く、而して王者の《詩》亡びたり」と曰ふは、愚論と謂ふべきなり。

或いは曰はく、《春秋》の簡約は、當時に在りても恐くは亦た其の義を曉り難きに、如何にせしかと。曰はく、當時に在りて記載は詳かに備はり、天下咸な之れを見る。故に《春秋》を望まば、其の義を知るべきなり。韓宣子の一見して之れを歎美するは卽ち是れなり。魯の《春秋》と雖も、唯だ此れのみ。時人も亦た其の義を知る能はず、必ず記載を附して之れを行ひ、而る後に《春秋》の義 彰らかなり。此れ聖人の敎の術なり。

物茂卿謂ふ、「魯の《春秋》は卽ち《左氏》の書 是れなり。孔子 之れを抄出して大義を示すこと、猶ほ《史記》年表・《通鑑》目錄の如きなり。《左》書中の『書』・『不書』・『故曰』の類の如きは、是れ後人の傅會なり」と。若し然らば則ち《春秋》は何を用て爲さん。「書」・「不書」・「故曰」の等無くんば、則ち後世何を以て《春秋》に通ぜん。不通の論と謂ふべきなり。丘明 世よ魯に仕へて左史を司り、《春秋》の法は、其の官守なるを以て、固より熟知する所なり。夫子の《春秋》出づるも、後世 何物爲るかを知らざるを恐れ、故に諸國の記載を輯會し、其の事實に徵し、又た凡例及び「書曰」・「故曰」等の言を附注し、以て其の法を示し、之れを號して《春秋左氏傳》と曰ふ。是に於いて周公の大經大法は燦然として明らかに、仲尼の勸善懲惡、人をして禮義に止まらしめんとするの意、赫然として彰らかなり。後世の禮無きの時、周・孔の義に資る者、左氏 實に之れを爲すなり。其の功 萬世之れに賴ると謂ふべく、豈に尊崇せざるべけんや。若し《左傳》無くんば、則ち《春秋》何に於いて手を著けんや。故に之れを非駁する者も、《左氏》を舍きて《春秋》を言ふ能はず。然りと雖も道を知る者に非ずんば、則ち《春秋》を知る能はず。《春秋》を知らずんば、則ち何ぞ《左氏》の焉に尙ふる莫きを知らんや。

夫れ道を亂る者は孟子を始と爲す。世に勸むるが爲めに矯誣の言を作すは、《春秋》特に甚だし。《公》・《穀》は「其の義は則ち丘 竊かに之れを取れり」の言に本づき、《左氏》を襲ひて例を加へ、其の臆を以て「其の義」を言ひ、自ら「子夏より出づ」と言ふ。後儒は之れを信ずるも、而も「其の義」を信ぜず、《左氏》を竝べて三傳と爲し、併せて皆な之れを廢するも、亦た孟子の言に本づき、恣に「其の義」を言ふなり。

夫れ先王の道は仁なり。仁を言はずして義を言ひ、其の義も亦た先王の義に非ざるなり。仁を知らず、禮を知らず、唯だ人を責むるを以て務と爲し、故に貶有れども褒無し。且つ人を論ずること苛刻なり。豈に聖人の雍容遜讓〔おだやかでへりくだる〕の意ならんや。蓋し聖道亡び、而して申・韓・商鞅の法 後世に浸潤し、以て然るを致すなり。

既に道を知らざれば、安んぞ《春秋》を知らんや。故に道を知らずんば、則ち《左氏》を知る能はず。《左氏》を知らずんば、則ち《春秋》を知る能はず。且つ《春秋》の時の、人情世態、名物度數は、《左氏》に歴歴たれば、聖人の世を窺ふに足る。故に《左氏》を知らずんば、則ち先王の道を知るも亦た難し。故に《春秋》に通ずること、《左氏》に餘蘊無きなり。

孟子曰、王者之迹熄而詩亡、詩亡然後春秋作。
折衷曰、孟子之言春秋、唯此相傳正說、而非孟子以意言之者矣。
孟子曰はく、王者の迹熄みて《詩》亡び、《詩》亡びて然る後に《春秋》作る。〔離婁下篇〕
折衷曰、孟子の《春秋》を言へるは、唯だ此れ正説を相傳ふるのみにて、孟子の 意を以て之れを言ふ者に非ざるなり。

又曰、晉之乘、楚之檮杌、魯之春秋、一也。
折衷曰、葉適云「諸侯之爲、日存君側、以其善行、以其惡戒、此晉人之言春秋也。敎之春秋、而爲之聳善、而抑惡焉、以戒勸其心、此楚人之言春秋也。韓宣子所見、孔子所修、左氏所傳、此魯之春秋也。然則晉謂之乘、楚謂之檮杌、當是戰國時妄立名字、上世之史、固皆名春秋矣」。此說是矣。稱韓宣子所見曰魯春秋。夫曰魯春秋、則他國亦有春秋之稱必矣。
〔孟子〕又た曰はく、晉の乘、楚の檮杌、魯の春秋は、一なり。〔離婁下篇〕
折衷に曰はく、葉適云ふ、「『諸侯の爲、日に君側に存りて、其の善を以て行ひ、其の惡を以て戒む』〔《國語》晉語七〕とは、此れ晉人の《春秋》を言へるものなり。『之れに春秋を教へ、而して之れが爲めに善を聳め、而して惡を抑へ、以て其の心を戒勸せしむ』〔《國語》楚語上〕とは、此れ楚人の《春秋》を言へるものなり。韓宣子の見る所、孔子の修むる所、左氏の傳ふる所は、此れ魯の《春秋》なり。然らば則ち晉 之れを乘と謂ひ、楚 之れを檮杌と謂ふは、當に是れ戰國の時に妄りに名字を立てたるものなるべく、上世の史は固より皆な『春秋』と名づけたるものなるべし」と。此の說は是なり。韓宣子の見る所を稱して「魯春秋」と曰ふ。夫れ「魯春秋」と曰へば、則ち他國にも亦た「春秋」の稱有ること必せり。

又曰、其事則齊桓・晉文、其文則史。孔子曰、其義則丘竊取之矣。
折衷曰、「其義則丘竊取之矣」、孟子妄設爲之辭也。孟子務張王道而宗孔子。而春秋孔子之作、而「其事則齊桓・晉文」、故難於其解也、故以「其義則丘竊取之矣」文之。此勸世之辭、雖孟子知其誣、而後世儒者以孟子之言爲春秋之定論。雖其人之不知春秋哉、孟子之罪也。
〔孟子〕又た曰はく、其の事は則ち齊桓・晉文、其の文は則ち史。孔子曰はく、其の義は則ち丘 竊に之れを取れり。〔離婁下篇〕
折衷に曰はく、「其の義は則ち丘竊に之れを取れり」とは、孟子の妄りに設けて之れが辭を爲せるなり。孟子は王道を張りて孔子を宗とするに務む。而して《春秋》は孔子の作にして、「其の事は則ち齊桓・晉文」なり、故に其の解を難しとするや、故に「其の義は則ち丘竊に之れを取れり」を以て之れを文る。此れ世に勸むるの辭なれば、孟子は其の誣を知ると雖も、而も後世の儒者は孟子の言を以て《春秋》の定論と爲す。其の人の《春秋》を知らずと雖も、孟子の罪なり。

又曰、世衰道微、邪說暴行有作。臣弑其君者有之。子弑其父者有之。孔子懼作春秋。春秋天子之事也。是故孔子曰、知我者其惟春秋乎。罪我者其惟春秋乎。

折衷曰、「世衰」至「作春秋」、卽「王者之迹熄而詩亡、詩亡然後春秋作」之意。曰「天子之事也」、此孟子之誣辭。後世苛刻之解、甚至爲孔子刑書、未嘗不由孟子之言也。孔子爲使人止於禮義、表章春秋、以示勸戒、何有「知我罪我」之歎邪。蓋孟子方戰國道亡之時、唱王道而勸於世、於是歷詆當時諸侯卿大夫、上及桓・文・管・晏。是故獲罪於世者孟子也、乃託孔子而自解也。凡孟子一部所談之道、多是釋氏所謂方便也。在孟子不得已之事也。後儒以爲正說、亦不知孟子者也。

（孟子）又た曰はく、世衰へ道微にして、邪說暴行作る有り。臣にして其の君を弑する者之れ有り。子にして其の父を弑する者之れ有り。孔子懼れて《春秋》を作る。《春秋》は天子の事なり。是の故に孔子曰はく、「我を知る者は、其れ惟だ《春秋》か。我を罪する者も、其れ惟だ《春秋》か」と。〔滕文公下篇〕

折衷に曰はく、「世衰」より「作春秋」に至るまでは、卽ち「王者之迹熄而詩亡、詩亡然後春秋作」の意なり。「天子之事也」と曰ふは、此れ孟子の誣辭なり。後世の苛刻の解、甚しきは孔子の刑書と爲すに至るは、未だ嘗て孟子の言に由らずんばあらざるなり。孔子は人をして禮義に止まらしめんが爲めに、《春秋》を表章し、以て勸戒を示せるに、何ぞ「知我罪我」の歎有らんや。蓋し孟子は戰國道亡ぶの時に方り、王道を唱へて世に勸め、是に於いて當時の諸侯・卿大夫を歷詆する〔つぎつぎとそしる〕こと、上は桓・文・管・晏に及ぶ。是の故に罪を世に獲る者は孟子なれば、乃ち孔子に託して自ら解くなり。凡そ《孟子》一部の談ずる所の道は、多くは是れ釋氏の謂はゆる方便なり。孟子に在りては已むを得ざるの事なり。後儒の以て正說と爲せるは、亦た孟子を知らざる者なり。

又曰、孔子成春秋、而亂臣賊子懼。

折衷曰、使「亂臣賊子懼」、是夫子之意也、而不懼。若懼何有戰國也。而孟子言之者、蓋當時諸侯殊惡者亂臣賊子也。故投其好搆造此言、以誘引我道也。後儒難其解、以誅心之說。夫雖心懼而身爲亂賊何益。

（孟子）又た曰はく、孔子《春秋》を成して、亂臣・賊子懼る。〔滕文公下篇〕

折衷に曰はく、「亂臣賊子をして懼れ」しむるは、是れ夫子の意なれども、而も懼れず。若し懼れば何ぞ戰國有らんや。而るに孟子之れを言ふは、蓋し當時の諸侯の殊に惡む者は亂臣賊子なればならん。故に其の好みに投じて此の言を搆造し、以て我が道に誘引するなり。後儒は其の解を難しとし、「誅心」の說を以てす。夫れ心に懼ると雖も、而も身亂賊を爲すに何の益かあらん。

莊子曰、春秋經世、先王之志也。聖人議而不辯。
又曰、春秋道名分。
折衷曰、「聖人」指孔子也。蓋七十子沒而道裂、各以意言之。觀禮記・家語・孟子等書、而可見矣。故當時解經、皆非先王孔子之旨、莊子何知之。但以世俗之言言之耳。

莊子曰はく、《春秋》の經世は、先王の志なり。聖人 議して辯ぜず。〔齊物論篇〕
又た曰はく、《春秋》は名分を道ふ。〔天下篇〕
折衷に曰はく、「聖人」は孔子を指すなり。蓋し七十子の沒してより道は裂け、各おの意を以て之れを言ひしならん。《禮記》・《家語》・《孟子》等の書を觀れば、而ち見るべし。故に當時の解經は、皆な先王・孔子の旨に非ざれば、莊子 何ぞ之れを知らん。但だ世俗の言を以て之れを言ふのみ。

董仲舒曰、孔子知言之不用、道之不行也、是非二百四十二年之中、以爲天下儀表。
折衷曰、孔子以「言之不用、道之不行」、故傳六經。董氏以爲專傳春秋、且春秋爲孔子作、則將置周公於何地乎。孔子何不別著書、而託春秋邪。董氏不知春秋、何知孔子。

董仲舒曰はく、孔子 言の用ひられず、道の行はれざるを知るや、二百四十二年の中を是非し、以て天下の儀表を爲す。〔《史記》大史公自序所引〕
折衷に曰はく、孔子「言の用ひられず、道の行はれざる」を以て、故に六經を傳ふ。董氏は以て專ら《春秋》を傳ふと爲し、且つ《春秋》を孔子の作と爲せば、則ち將に周公を何れの地に置かんとするや。孔子 何ぞ別に書を著さずして《春秋》に託せるや。董氏《春秋》を知らざれば、何ぞ孔子を知らん。

司馬遷曰、夫子作春秋、筆則筆、削則削、子夏之徒、不能贊一辭。
折衷曰、春秋魯史之成文也。有乖於周公之法、或筆削之。若曰事事以意筆削之、則孔子豈有此僭事乎。孔子既不能贊一辭、何況子夏之徒乎。戰國儒者以春秋爲孔子所自作、此過尊孔子欲歸重、而不知實傷孔子也。從是之後、皆爲孔子之春秋、豈足言之邪。

司馬遷曰はく、夫子《春秋》を作り、筆すべきは則ち筆し、削るべきは則ち削り、子夏の徒は、一辭も贊する能はず。〔《史記》孔子世家〕
折衷に曰はく、《春秋》は魯史の成文なり。周公の法に乖くこと有らば、或いは之れを筆削せん。若し事事に意を以て之れを筆削すと曰はば、則ち孔子豈に此の僭事有らんや。孔子すら既に一辭を贊する能はざるに、何ぞ況んや子夏の徒をや。戰國の儒者《春秋》を以て孔子の自ら作る所と爲すは、此れ過だ孔子を尊びて重きを歸せんと欲するに、而も實は孔子を傷つくるを知らざるなり。是れより後、皆な孔子の《春秋》と爲すは、豈に之れを言ふに足らんや。

春秋演孔圖曰、獲麟而作春秋、九月書成。

折衷曰、後世據緯書曰「孔子感麟作春秋」。其意謂、麟王者之瑞、而出非其時、孔子有聖德而不用、故感麟而作春秋也。夫麟王者之瑞也。今無王者出、而行其道、麟瑞無應。故感之絕筆於獲麟、或有之。然孔子之作春秋也、爲「王者之迹熄而詩亡」、作之以示勸懲也。孔子豈若小人憤不遇時、感麟而作之邪。左氏之經終於「孔丘卒」、公・穀終於「獲麟」。公・穀之經出于左氏、有其徵焉。夫孔子之作、而無可書「孔丘卒」之理。故公羊據緯書以獲麟終之、穀梁從之。

今按左氏哀公以下文章大異、決非丘明之筆。古人亦有定論矣。由此觀之、則孔子之經亦止于定公焉。蓋哀公以當世避之、理當然也。後之史官以尊孔子、補經・傳至「孔丘卒」也。而其「孔丘卒」非魯史之正文、史官加之也。其旨甚較著矣、則「獲麟」非孔子之書矣。緯書・公・穀不之知、妄爲「感麟而作春秋」之說也。秦漢之傅蠻、往往如斯、不足異也。

《春秋演孔圖》に曰はく、麟を獲へて《春秋》を作り、九月にして書成る。〔《公羊傳》哀公14年疏所引〕

折衷に曰はく、後世 緯書に據りて「孔子 麟に感じて《春秋》を作る」と曰ふ。其の意は謂へらく、麟は王者の瑞なるに、而も出づること其の時に非ず、孔子は聖德有れども用ひられず、故に麟に感じて《春秋》を作るなり、と。夫れ麟は王者の瑞なり。今 王者の出でて其の道を行ふこと無ければ、麟瑞に應ずるもの無し。故に之れに感じて筆を「獲麟」に絕つこと、或いは之れ有らん。然れども孔子の《春秋》を作るや、「王者の迹熄みて《詩》亡ぶ」が爲めに、之れを作りて以て勸懲を示すなり。孔子豈に小人の 時に遇はざるを憤るが若く、麟に感じて之れを作らんや。《左氏》の經は「孔丘卒」に終はり、《公》・《穀》は「獲麟」に終ふ。《公》・《穀》の經の《左氏》に出づること、其の徵有り。夫れ孔子の作なるに、而も「孔丘卒」を書すべきの理無し。故に《公羊》は緯書に據りて「獲麟」を以て之れを終へ、《穀梁》之れに從ふなり。

今按ずるに、《左氏》の哀公以下の文章は大いに異なり、決して丘明の筆に非ず。古人にも亦た定論有り。此れに由りて之れを觀れば、則ち孔子の經も亦た定公に止まるなり。蓋し哀公の 世に當たるを以て、之れを避くるは、理の當に然るべきことなり。後の史官は孔子を尊ぶを以て、經・傳を補ひて「孔丘卒」に至るなり。而して其の「孔丘卒」は魯史の正文に非ず、史官の之れを加ふるものなり。其の旨は甚だ較著なれば、則ち「獲麟」は孔子の書に非ざるなり。緯書・《公》・《穀》は之れを知らず、妄りに「麟に感じて《春秋》を作る」の說を爲すなり。秦漢の傅蠻、往往にして斯の如ければ、異とするに足らざるなり。

孝經鉤命決*曰、孔子在庶、德無所施、功無所就。志在春秋、行在孝經。以春秋屬商、以*孝經屬參。

折衷曰、此取孟子之「春秋天子之事也」、「其義則丘竊取之矣」、傅會爲此言也。夫孔子之所志、先王之道也。先王之道、豈翅春秋而已邪。春秋其緒餘耳。其行則禮樂也。孝在其中矣。道豈盡於春秋與孝經邪。孔子而志行止於此、則足爲孔子乎。後儒概不信緯書、特取此語說春秋何也。

【校記】「孝經鉤命決」 原文は「鉤」字を誤刻するので、改める。
「以孝經屬參」 原文は「以」字を缺くので、補う。

《孝經鉤命決》に曰はく、孔子 庶に在れば、徳は施す所無く、功は就す所無し。志は《春秋》に在り、行は《孝經》に在り〔何休《公羊解詁》序疏所引〕。《春秋》を以て商〔子夏〕に屬し、《孝經》を以て參〔曾子〕に屬す。〔《公羊傳》隱公元年疏所引〕

折衷に曰はく、此れ《孟子》の「《春秋》は天子の事なり」〔滕文公下篇〕、「其の義は則ち丘 竊に之れを取れり」〔離婁下篇〕に取りて、傅會して此の言を爲すなり。夫れ孔子の志す所は、先王の道なり。先王の道、豈に翅に《春秋》のみならんや。《春秋》は其の緒餘なるのみ。其の行は則ち禮樂なり。孝は其の中に在り。道 豈に《春秋》と《孝經》とに盡きんや。孔子にして志・行 此に止まるならば、則ち孔子と爲すに足らんや。後儒は概ね緯書を信ぜざるに、特に此の語を取りて《春秋》を說くは何ぞや。

程頤曰、後世以史視春秋、謂褒善貶惡而已。至如經世之大法、則不知也。春秋大義數十、其義雖大、炳如日星、乃易見也。

折衷曰、春秋者史也、而周公立大經大法、勸戒後世君臣。是以不過褒善貶惡而已。故曰「書而不法、後嗣何觀」*、又曰「夫諸侯之會、其德刑禮義、無國不記。記姦之位、君盟替矣。作而不記、非盛德也」、不其然乎。孔子表章之、不過使世人勸善懲惡、止於禮義之正矣。故其義周・孔一也。而程氏曰「經世之大法」、是據莊子字面與孟子「天子之事也」、又本「其義則丘竊取之矣」。其意謂、魯春秋史也、孔子春秋別有義在矣。此其所以不知春秋也。所以不知春秋者、不知先王之道也。既不知道、則義非其義、故所解春秋之言、皆郢書而燕說耳。

【校記】「書而不法」 原文は「而」字を缺くので、補う。

程頤曰はく、後世 史を以て《春秋》を視、褒善貶惡を謂ふのみ。經世の大法の如きに至りては、則ち知らざるなり。《春秋》の大義は數十、其の義は大なりと雖も、炳なること日星の如く、乃て見易きなり。〔《河南程氏遺書經說》卷第四「春秋傳」〕

折衷に曰はく、《春秋》は史なるも、而も周公 大經・大法を立て、後世の君臣を勸戒す。是を以て善を褒め惡を貶するに過ぎざるのみ。故に「書して法らずんば、後嗣 何をか觀ん」〔莊公23年〕と曰ひ、又た「夫れ諸侯の會、其の德刑・禮義、國として記さざるは無し。姦の位を記さば、君盟 替れん。作して記さざるは、盛德に非ざるなり」〔僖公07年〕と曰ふは、其れ然らずや。孔子 之れを表章するは、世人をして善を勸め惡を懲し、禮義の正に止まらしむるに過ぎざるのみ。故に其の義は周・孔 一なり。而るに程氏「經世の大法」と曰ふは、是れ《莊子》〔齊物論篇〕の字面と《孟子》の「天子の事なり」〔滕文公下篇〕に據り、又た「其の義は則ち丘 竊に之れを取れり」〔離婁下篇〕に本づく。其の意は謂へらく、「魯の《春秋》は史なり、孔子の《春秋》は別に義の在ること有り」と。此れ其の《春秋》を知らざる所以なり。《春秋》を知らざる所以は、先王の道を知らざればなり。既に道を知らざれば、則ち義は其の義に非ず、故に解する所の《春秋》の言は、皆な郢書にして燕說〔こじつけの論〕なるのみ。

又曰、三王之法、各是一王之法、春秋之法、乃百王不易之通法也。聖人以謂三王不可復回。且慮後世聖人之不作也、故作此一書、以遺惠後人、使後之作者不必德若湯・武、亦足以啓三代之治也。

折衷曰、孔子作百王不易之法、何不別著書、而因魯史簡奧難通之書、立之法乎。夫子則不然矣。宋儒不勝苛刻。果如其所言、則聖人過申・商遠甚矣。夫唐虞以來、雖有損益、其所道詩・書・禮・樂也。孔子傳於後世亦唯是已。豈別有百王不易之法哉。夫先王之道陶鈞之術也。後儒本於人人之身、此後儒所以不知道也。夫人人治道、雖堯舜之世、所不能也。胡安國務述程義、不能言治天下之義、其所言者、唯責人與復讎耳。可見宋儒之說春秋、無益於王法焉。以今觀程氏之言、一見乃知其違義戾理、而蓋世尊崇之者何居。氣習之所使也。亦知學問貴論世也。夫春秋・戰國・漢・六朝・唐・宋各有其風俗、就中春秋之風、聖世之流蕩者也。推而上之、足窺熙皞之俗、而反之六經、聖人之道炳如日星也。余故曰「不通春秋・左氏、則知先王之道亦難矣」。

〔程頤〕又た曰はく、三王の法は、各おの是れ一王の法なるも、《春秋》の法は、乃ち百王不易の通法なり。聖人 三王は復た回すべからずと以謂ひ、且つ後世 聖人の作らざるを慮るや、故に此の一書を作りて、以て惠を後人に遺し、後の作者をして、必ずしも德 湯・武の若くならざるも、亦た以て三代の治を啓くに足らしむるなり。

折衷に曰はく、孔子 百王不易の法を作るとならば、何ぞ別に書を著さず、而して魯史の簡奧通じ難きの書に因りて、之れが法を立てんや。夫子は則ち然せざらん。宋儒は苛刻に勝へず。果たして其の言ふ所の如くんば、則ち聖人は申・商を過ぐること遠く甚だし。夫れ唐虞以來、損益すること有りと雖も、其の道とする所の者は、《詩》・《書》・《禮》・《樂》なり。孔子 後世に傳ふるも亦た唯だ是れのみ。豈に別に百王不易の法有らんや。夫れ先王の道は陶鈞〔ろくろ、天下を經營すること〕の術なり。後儒の 人人の身に本づくるは、此れ後儒の道を知らざる所以なり。夫れ人人 道を治むるは、堯舜の世と雖も、能はざる所なり。胡安國は務めて程〔頤〕の義を述ぶるも、天下を治むるの義を言ふ能はず、其の言ふ所の者は、唯だ人を責むると復讎とのみ。見るべし宋儒の《春秋》を說くは、王法に益無きことを。今を以て程氏の言を觀るに、一見して乃ち其の義に違ひ理に戾るを知るに、而も世を蓋ひて之れを尊崇する者は何ぞや。氣習のせしむる所なり。亦た學問の 世を論ずるを貴ぶを知るなり。夫れ春秋・戰國・漢・六朝・唐・宋には各おの其の風俗有り。中に就きて春秋の風は聖世の流蕩〔波及〕する者なり。推して之れを上さば、熙皞〔やわらぎきよらか〕の俗を窺ふに足り、而して之れを六經に反さば、聖人の道の 炯かなること日星の如きなり。余 故に曰はく「《春秋》・《左氏》に通ぜずんば、則ち先王の道を知ることも亦た難からん」と。

李柟曰、春秋之不可以凡例拘、猶易之不可泥於象數也。

朱熹曰、聖人作春秋、不過直書其事、善惡自見。

折衷曰、春秋高簡、舍凡例則不能言其義也。而後儒能言之。然其本由凡例、畧通其義、而後縱橫言之。而上無所受、獨以己臆爲是非、傲然曰「凡例不可拘」、或曰「三傳亂春秋」。而其說皆鑿空理窟、其義深文苛刻、以責人爲事。故有孫復曰「春秋有貶而無褒」。甚乃邵雍曰「春秋孔子之刑書也」、程頤曰「五經之有春秋、猶法律之有斷例」。簸弄聖經至若斯。啖助・趙匡爲嚆矢、程頤・孫復其翹楚也。夫自七十子沒、無一人之知道、故無一人之知春秋也。宋儒之所道、乃浮屠之術也。而假儒名、其所談不過大學・中庸。故無大損於詩・書・禮・樂、至春秋則傷害之特甚矣。故春秋之亂賊、當屬此輩也。夫不知道、則不能知春秋、知道者蓋鮮矣。可嘆哉。

獨劉安世曰「讀春秋者以爲公・穀・左氏三家皆不可信。而吾於數千載後、獨得聖人之微意。嗚呼、其誣先儒後世之罪大矣」。劉氏在羣汚之中、爲此卓絶之言、可謂涅而不緇、甚可崇尚也。亦唯不知道、故不知春秋、豈不惜乎。

李楠云ふ、《春秋》の凡例を以て拘すべからざること、猶ほ《易》の象數に泥むべからざるがごときなり。〔朱彝尊《經義考》所引。以下出典を記さないものはこれに倣う。〕

朱熹云ふ、聖人《春秋》を作るに、其の事を直書するに過ぎずして、善惡自ら見る。〔《朱子語類》巻133本朝七・夷狄〕

折衷に曰はく、《春秋》は高簡〔たかくおおらか〕、凡例を舍きては則ち其の義を言ふ能はざるに、而も儒者は能く之れを言ふ。然れども其の本は凡例に由りて、畧ぼ其の義に通じ、而る後に縱に之れを言ふも、而も上に受くる所無く、獨だ己が臆を以て是非を爲し、傲然として「凡例は拘すべからず」と曰ひ、或いは「三傳は《春秋》を亂る」と曰ふ。而るに其の説は皆な鑿空理窟、其の義は深文苛刻、人を責むるを以て事と爲す。故に孫復の、「《春秋》には貶有りて褒無し」と曰ふこと有り。甚しきは乃ち邵雍の「《春秋》は孔子の刑書なり」と曰ひ、程頤の「五經の《春秋》有るは、猶ほ法律の斷例有るがごとし」と曰ふ。聖經を簸弄〔あおりもてあそぶ〕すること斯の若きに至る。啖助・趙匡は嚆矢爲りて、程頤・孫復は其の翹楚〔優れた者〕なり。夫れ七十子の沒してより、一人の道を知るもの無し、故に一人の《春秋》を知るもの無きなり。宋儒の道ふ所は、乃ち浮屠〔佛教〕の術なり。而るに儒名を藉り、其の談ずる所は《大學》・《中庸》に過ぎず。故に大いには《詩》・《書》・《禮》・《樂》を損ふ無きも、《春秋》に至りては則ち之れを傷害すること特に甚だし。故に《春秋》の亂賊は、當に此の輩に屬すべきなり。夫れ道を知らずんば、則ち《春秋》を知る能はざるも、道を知る者は蓋し鮮からん。嘆くべきかな。

獨り劉安世のみ、「《春秋》を讀む者は以爲へらく、《公》・《穀》・《左氏》の三家は皆な信ずべからず。而るに吾れ數千載の後に於いて、獨り聖人の微意を得たり、と。嗚呼、其の先儒・後世を誣ひることの罪は大なり」と曰ふ。劉氏羣汚の中に在りて、此の卓絶の言を爲すは、涅にして緇ずと謂ふべく、甚だ崇尚すべきなり。亦た唯だ道を知らず、故に《春秋》を知らざるは、豈に惜しからずや。

項安世曰、説者謂「春秋書其罪於策、以示萬世。故亂臣賊子懼焉」非也。夫名之善惡、足以懲勸中人、非亂臣賊子之所畏也。彼父與君且不顧、又何名之顧哉。且弑逆之罪、夫人知之、非必孔子書之而後明也。莽・卓・操・昭之罪、不經孔子之筆、而閭巷小人、至今知其爲亂臣賊子也。謂一書生操筆書之、而能生其懼心者、此眞小兒童之見也。曰、然則孟子之言非與。曰、春秋之法、謹名分、防幾微、重兵權、惡世卿、禁外交、嚴閨閫、是一統、非二政。凡所謂杜賊亂於未然者、其理無不具也。誅賊亂於已然者、其法無不擧也。此義一明、亂臣賊子環六合而無所容其身。此春秋之所以作、而姦雄之所以懼也。

劉克莊曰、春秋作而亂臣賊子何以懼。曰事未形而誅心誅意、所以懼也。夫子身爲匹夫、假二百四十二年南面之權、與亂賊何以異乎。然則「春秋天子之事」何也。曰所謂「天子之事」者、夫子以敬王爲心、故春秋所紀、皆尊君抑臣、尊王抑霸、尊内抑外、書書此也、諱諱此也。故曰「知我罪我、其惟春秋」。

呂大圭曰、春秋魯史爾、聖人從而修之。魯史之所書、聖人亦書之。其事未嘗與魯史異也、而其義則異矣。世之盛也、天理明、人心正、則天下之人以是非爲榮辱。世之衰也、天理不明、人心不正、則天下之人以榮辱爲是非。孔子之作春秋、要亦明是非之理、以詔天下來世而已。蓋是非者、人心之公理、聖人因而明之、則固有犂然當於人心者。彼亂臣賊子聞之、不懼於身、而懼於心、不懼於明、而懼於暗、不懼於刀鋸斧鉞之臨、而懼於倏然自省之際、不懼於人欲浸淫日滋之際、而懼於天理一髮未亡之時。此其扶天理、遏人欲之功、顧不大矣乎。

折衷曰、後儒尊孟子如聖人、不能易其一語、欲以「亂臣賊子懼」之言說春秋。而夫子沒後、風俗日漓、至戰國禮樂掃地、雖有春秋哉、不成用也。故各以己臆搆成理窟言之、雖更數十百家、累千言萬語、大抵不出三家之域、故特表之。夫三家者、既不知孟子、安知春秋哉。項安世始論春秋不足使亂臣賊子懼、正是理當然、孰得而易之。然在後世則然、若三代則不然也。夫先王以禮樂被天下、天下之民化之。孔子之時、其道未墜於地而在人。雖詩亡也、春秋猶可以勸懲焉。故夫子之意、豈專在亂臣賊子乎。使天下之人止於禮義之正也。天下止於禮義、則豈有亂臣賊子乎。此卽仁也。壺遂云「孔子之時、上無明君、下不得任用、故作春秋、垂空文以斷禮義」、可謂能知春秋也。蘇軾云「孔子因魯史爲春秋、一斷以禮」、亦非無所見也。雖然滔滔不返、道遂滅盡矣。夫子不能如之何已。不然則夫子之春秋爲無用長物矣。後儒不知道、故不知春秋。故項安世云「春秋之法、謹名分、防幾微、重兵權、惡世卿、禁外交、嚴閨閫、是一統、非二政也」。夫先王之禮、事爲之制、曲爲之防、依禮則自無是等事。舍禮而制之、申・韓・商鞅之法、而非所先王之爲敎也。孔子曰「道之以政、齊之以刑、民免而無耻」。夫民無耻、則何能懼。況亂臣賊子乎。又曰「道之以德、齊之以禮、有耻且格」。夫耻且格者、非靡然偃之謂邪。其未然之理具、已然之法擧、亂賊無所容身者、自我言之也。亂賊顧之乎。劉克荘「誅心誅意」之說亦然。假令誅心意、不能誅其身、使天下亂、則春秋果何益也。呂大圭「天理明、人心正」之論、此則先王禮樂之敎也。故樂記明說天理人欲、而言禮樂以治性情。離禮樂而言之、宋儒空論、而無實者也。故不能一人曰我旣人欲淨盡天理流行也。呂氏又以是非觀春秋。不但呂氏也、後儒皆然。夫春秋高大廣遠、豈在是非哉。宋儒汨沒是非海裡悲哉。何知春秋也。後儒又以尊君抑臣、尊王抑霸、尊內抑外爲春秋之事。此春秋一端也。夫君臣內外各有禮。今舍禮以抑尊言之、亦是申・韓・商鞅之徒也。且夫先王之道仁也。故雖臣弑君、而君無道於民、則顯君罪而掩臣、此春秋之義也。

項安世曰はく、說く者、「《春秋》は其の罪を策に書し、以て萬世に示す。故に亂臣賊子 懼る」と謂ふは非なり。夫れ名の善惡は、以て中人を懲勸するに足るも、亂臣賊子の畏るる所に非ざるなり。彼父と君とすら且つ顧(かへりみ)ざるに、又た何ぞ名を之れ顧んや。且つ弑逆の罪は、夫の人 之れを知るにて、必ずしも孔子の之れを書して後に明らとなるに非ざるなり。莽・卓・操・昭の罪は、孔子の筆を經ずして、閭巷の小人も、今に至るまで其の亂臣賊子爲るを知るなり。一書生の筆を操りて之れを書し、而して能く其の懼心を生ずと謂ふは、此れ眞に小兒童の見なり。

曰はく、然らば則ち孟子の言は非なるか。曰はく、《春秋》の法は、名分を謹み、幾微を防ぎ、兵權を重んじ、世卿を惡み、外交を禁じ、閨閫(けいこん)〔婦人の部屋〕を嚴にし、一統を是とし、二政を非とす。凡そ謂はゆる「賊亂を未然に杜(と)づ」ること、其の理 具はらざるは無きなり。「賊亂を已然に誅す」るは、其の法 擧げざるは無きなり。此の義 一たび明らかとならば、亂臣賊子は六合を環るも其の身を容るる所無し。此れ《春秋》の作らるる所以にして、姦雄の懼るる所以なり。

劉克莊曰はく、《春秋》作りて亂臣賊子 何を以て懼るる。曰はく、事未だ形れずして心を誅し意を誅するは、懼るる所以なり。夫子 身は匹夫爲りて、二百四十二年の南面を權を假るは、亂賊と何を以て異ならんや。然らば則ち「春秋は天子の事」とは何ぞや。曰はく、謂はゆる「天子の事」とは、夫子 王を敬ふを以て心と爲す、故に《春秋》の紀する所は、皆な君を尊び臣を抑へ、王を尊び霸を抑へ、内を尊び外を抑へ、書するは此を書するなり、諱むは此を諱むなり。故に「我を知り我を罪するは、其れ惟だ春秋のみ」と曰ふ。

呂大圭曰はく、《春秋》は魯史なるのみ、聖人 從ひて之れを修む。魯史の書する所は、聖人も亦た之れを書す。其の事は未だ嘗て魯史と異ならざるも、而も其の義は則ち異なれり。世の盛んなるや、天理は明らかに、人心は正しければ、則ち天下の人は是非を以て榮辱と爲す。世の衰ふるや、天理は明らかならず、人心は正しからざれば、則ち天下の人は榮辱を以て是非と爲す。孔子の《春秋》を作るは、要するに亦た是非の理を明らかにし、以て天下來世に詔ぐるのみ。蓋し是非は、人心の公理、聖人 因りて之れを明らかにすれば、則ち固より犂然〔はっきり〕として人心に當たる者有るなり。彼の亂臣賊子 之れを聞き、身に懼れずして、心に懼れ、明に懼れずして、暗に懼れ、刀鋸斧鉞の臨むに懼れずして、倏然〔にわか〕として自省するの際に懼れ、人欲の浸淫すること日に滋るの際に懼れずして、天理の一髪も未だ亡びざるの時に懼る。此れ其の 天理を扶けて、人欲を遏むるの功、顧ふに大ならずや。

折衷に曰はく、後儒は孟子を尊ぶこと聖人の如く、其の一語をも易ふること能はず、「亂臣賊子懼」の言を以て《春秋》を說かんと欲す。而るに夫子 沒するの後、風俗は日に漓く、戰國に至りて禮樂 地を掃ひ、《春秋》有りと雖も、用を成さざるなり。故に各おの己が臆を以て理窟を搆成して之れを言ひ、數十百家を更へ、千言萬語を累ぬと雖も、大抵は三家の域を出でず。故に特に之れを表す。夫の三家者〔項安世・劉克莊・呂大圭〕は、既に孟子を知らざれば、安んぞ《春秋》を知らんや。項安世 始めて《春秋》の亂臣賊子をして懼れしむるに足らざるを論ずるは、正に是れ理の當に然るべきものにして、孰れか得て之れを易へん。然れども後世に在りては則ち然るも、三代の若きは則ち然らざるなり。夫れ先王は禮樂を以て天下を被ひ、天下 之れに化す。孔子の時、其の道は未だ地に墜ちずして人に在り。《詩》は亡ぶと雖も、《春秋》は猶ほ以て勸懲すべし。故に夫子の意、豈に專ら亂臣賊子に在るのみならんや。天下の人をして禮義の正しきに止まらしむるなり。天下 禮義に止まらば、則ち豈に亂臣賊子有らんや。此れ卽ち仁なり。

壺遂の、「孔子の時、上に明君無く、下は任用さるるを得ず、故に《春秋》を作り、空文を垂れて以て禮義を斷ず」〔《史記》太史公自敍所引〕と云ふは、能く《春秋》を知ると謂ふべきなり。蘇軾の、「孔子 魯史に因りて《春秋》を爲り、一に斷ずるに禮を以てす」と云ふも、亦た見る所無きに非ざるなり。然りと雖も滔滔として返らず、道は遂に滅盡せり。夫子は之れを如何ともする能はざるのみ。然らずんば則ち夫子の《春秋》は無用の長物と爲らん。

後儒は道を知らず、故に《春秋》を知らず。故に項安世云ふ、「《春秋》

の法は、名分を謹み、幾微を防ぎ、兵權を重んじ、世卿を惡み、外交を禁じ、閨閫を嚴にし、一統を是とし、二政を非とするなり」と。夫れ先王の禮は、事ごとに之れが制を爲し、曲に之れが防を爲し、禮に依らば則ち自づから是れ等の事無し。禮を舍きて之れを制するは、申・韓・商鞅の法にして、先王の教へと爲す所に非ざるなり。孔子曰はく、「之れを道びくに政を以てし、之れを齊ふるに刑を以てせば、民 免れて恥づる無し」〔《論語》爲政篇〕と。夫れ民に恥づること無くんば、則ち何ぞ能く懼れん。況んや亂臣賊子をや。又た曰はく、「之れを道びくに德を以てし、之れを齊ふるに禮を以てせば、恥づる有りて且つ格し」と。夫れ恥ぢ且つ格しきは、靡然〔風になびくさま〕として偃するを之れ謂ふに非ずや。夫の「未然の理 具はり、已然の法 擧げば、亂賊は身を容るる所無し」とは、我より之れを言へるなり。亂賊 之れを顧んや。劉克莊の「誅心誅意」も亦た然り。假令ひ心意を誅するも、其の身を誅する能はずんば、天下をして亂れしむるも、則ち《春秋》果たして何の益かあらん。

呂大圭の「天理 明らかにして、人心 正し」の論、此れ則ち先王の禮樂の教へなり。故に〈樂記〉に明らかに「天理人欲」を說きて、「禮樂以て性情を治む」と言ふ。禮樂を離れて之れを言ふは、宋儒の空論にして、實無き者なり。故に一人も「我れ既に人欲をば淨め盡くして天理流行す」と曰ふ能はざるなり。呂氏は又た是非を以て《春秋》を觀る。但に呂氏のみならず、後儒は皆な然り。夫れ《春秋》は高大廣遠なれば、豈に是非に在らんや。宋儒の 是非の海裡に汩沒〔沈沒〕するは悲しいかな。何ぞ《春秋》を知らんや。後儒は又た「尊君抑臣、尊王抑霸、尊內抑外」を以て《春秋》の事と爲す。此れ《春秋》の一端なり。夫れ君臣內外には各おの禮有り。今 禮を舍きて抑尊を以て之れを言ふは、亦た是れ申・韓・商鞅の徒なり。且つ夫れ先王の道は仁なり。故に臣 君を弑すと雖も、而も君 民に無道ならば、則ち君の罪を顯らかにして臣を掩ふは、此れ《春秋》の義なり。

黃仲炎曰、春秋者聖人教戒天下之書、非褒貶之書也。何謂教、所書之法是也。何謂戒、所書之事是也。法聖人所定也、故謂之教。事衰亂之迹也、爲戒而已矣。彼三傳者、不知其紀事皆以爲戒也、而曰有褒貶焉。凡春秋書人、書名、或去氏、或去族者、貶惡。其書爵、書字、或稱族、或稱氏者、褒善也。甚者如日月・地名之或書、或不書、則皆指曰是褒貶所繫也。質諸此而彼礙、證諸前而後違。或事同而爵異書、或罪大而族氏不削、於是褒貶之例窮矣。例窮而無以通之、則曲爲之解焉。專門師授、襲陋仍訛。由漢以來、見謂明經者、不勝衆多。然大抵爭辨於褒貶之異、究詰於類例之疑、滓重煙深、莫之澄掃、而春秋之大義隱矣。自大義既隱、而或者厭焉、不知歸咎於傳業之失、而曰聖人固爾也。故劉知幾有虛美隱惡之謗、王安石有斷爛朝報之毀、遂使聖人修經之志、更千數百載、而弗獲伸於世、豈不悲哉。故曰春秋者聖人教戒天下之書、非褒貶之書也。

折衷曰、「春秋者聖人教戒天下之書、非褒貶之書也」者、則固也。聖人因得失之迹、而褒貶之以示教戒。黃氏所謂「所書之法」卽褒貶也。夫舍褒貶、則於何見法。故褒貶者春秋之準繩也。無準繩而求法於己心、自是後世理學者之見、周・孔豈有此事邪。郝敬云「春秋一書、千古不决之疑案也。非春秋可疑、世儒疑之也。春秋幾同射覆矣」。如朱熹說、是非果公、則一人操筆、是非乃定、何爲至今紛擾莫歸於一乎。可見舍褒貶之無法矣。黃氏以教屬法、以事屬戒、此何意也。春秋既無法、則只事而已。只事而已、則二十一史皆聖人之春秋也。故春秋之法褒貶也。舍褒貶而説春秋者、皆無知妄作也。其褒貶者、書人・書名・去氏・去族者貶也。書爵・書字・稱族・稱氏者褒也。其例左氏詳言之。故取春秋之法於左氏、無所不足、亦無餘焉。質諸此而無礙諸彼、證諸前而無違諸後。其事同而爵異書、罪大而族氏不削者、亦有事宜之存。能讀春秋・左氏者知之。後儒覺有礙違者、不合於己權衡與爲公・穀所惑也。春秋無日月例、以日月爲例公・穀也。公・穀後世之僞撰、余別有論、則褒貶其曷窮之有。後世舍褒貶、而求於己心者、不能不取義於書爵・去族等。於是舍褒貶之事窮矣。凡從事性理者、諱道人之善。其意謂、凡自唐虞至今、人之爲人者、堯・舜・禹・湯・文・武・周・孔・顏・曾・思・孟・程・朱與己已。此皆全心之德見、理明而公也。其他未復於初、不能無氣質之累、雖有善皆私也。故孔子之春秋有貶而無褒。我朱夫子通鑑綱目亦是也。此傲然蔑視宇宙、豈非私邪。天地聖人之仁、豈如此哉。以是心看春秋、所以不知也、噫。

黃仲炎曰はく、《春秋》は聖人の 天下を教戒するの書にして、褒貶の書に非ざるなり。何をか「教」と謂ふ、書する所の法 是れなり。何をか「戒」と謂ふ、書する所の事 是れなり。法は聖人の定むる所なり、故に之れを教と謂ふ。事は衰亂の迹なれば、戒を爲すのみ。彼の三傳は、其の紀事は皆な以て戒と爲すを知らずして、褒貶有りと曰ふ。凡そ《春秋》の 人を書し、名を書し、或いは氏を去り、或いは族を去るは、惡を貶するなり。其の爵を書し、字を書し、或いは族を稱し、或いは氏を稱するは、善を褒むるなり。甚しき者は日月・地名の或いは書し、或いは書せざるが如きは、則ち皆な指して褒貶の繫くる所と曰ふ。諸を此に質して彼に礙げあり、諸を前に證して後に違ふ。或いは事は同じくして爵は異書し、或いは罪は大にして族氏は削らず、是に於いて褒貶の例は窮まれり。例の窮まりて以て之れを通ずる無くんば、則ち曲げて之れが解を爲す。專門に師授し、陋を襲ひ訛に仍る。漢由り以來、明經と謂はるる者、衆多に勝へず。然れども大抵は褒貶の異を爭辨し、類例の疑を究詰す。滓は重く煙は深く、之れが澄掃をする莫くして、《春秋》の大義は隱れたり。大義旣に隱れてよりして、或いは焉を厭ひ、咎を傳業の失に歸するを知らずして、「聖人 固より爾るなり」と曰ふ。故に劉知幾に虛美隱惡の謗り有り、王安石に斷爛朝報の毀り有りて、遂に聖人修經の志をして、千數百載を更ふるも、而も世に伸ぶることを獲ざらしむるは、豈に悲しからずや。故に曰はく、「《春秋》は聖人の 天下を教戒するの書にして、褒貶の書に非ざるなり」と。

折衷に曰はく、「《春秋》は聖人の 天下を教戒するの書にして、褒貶の書に非ざるなり」とは、則ち 固 なり。聖人は得失の迹に因りて、之れを褒貶して以て教戒を示す。黃氏の謂はゆる「書する所の法」とは卽ち褒貶なり。夫れ褒貶を舍きては、則ち何に於いて法を見さん。故に褒貶は《春秋》の準繩なり。準繩無くして己が法を心に求むるは、自づから是れ後世の理學者の見にして、周・孔に豈に此の事有らんや。郝敬云ふ、「《春秋》の一書は、千古不決の疑案なり。《春秋》の疑ふべきに非ず、世儒 之れを疑ふなり。《春秋》は幾んど射覆〔あてもの〕に同じきなり」と。朱熹の説の如く、是非 果たして公ならば、則ち一人 筆を操りて、是非は乃ち定まるに、何爲れぞ今に至るまで紛擾〔みだれる〕して一に歸する莫きや。見るべし褒貶を舍くことの法無きものなるを。黃氏 教を以て法に屬し、事を以て戒に屬せしむるは、此れ何の意ぞや。《春秋》に既に法無くんば、則ち只だ事のみ。只だ事のみならば、則ち二十一史は皆な聖人の《春秋》なり。故に《春秋》の法は褒貶なり。褒貶を舍きて《春秋》を説くは、皆な無知妄作なり。其の褒貶とは、人を書す・名を書す・氏を去る・族を去るは貶なり。爵を書す・字を書す・族を稱す・氏を稱するは褒なり。其の例は《左氏》に詳しく之れを言ふ。故に《春秋》の法を《左氏》に取らば、足らざる所無く、亦た餘り無し。諸を此に質して諸を彼に礙ぐる無く、諸を前に證して諸を後に違ふ無し。其の事は同じくして爵は異書する、罪は大にして族氏の削らざるは、亦た事宜の存するもの有り。能く《春秋》・《左氏》を讀む者 之れを知る。後儒の 礙違〔まちがい〕有るを覺ゆるは、己が權衡に合はざると、《公》・《穀》の惑ふ所と爲ればなり。

《春秋》に日月の例は無く、日月を以て例と爲すは《公》・《穀》なり。《公》・《穀》は後世の僞撰なること、余には別に論有れば、則ち褒貶其れ曷の窮することか之れ有らん。後世 褒貶を舍きて、己が心に求むる者、義をば爵を書す・族を去る等に取らざる能はず。是に於いて褒貶を舍くの事は窮せり。凡そ性理に從事する者は、人の善を道ふを諱む。其の意は謂へらく、「凡そ唐虞より今に至るまで、人の人爲る者は、堯・舜・禹・湯・文・武・周・孔・顏・曾・思・孟・程・朱と己れとのみ。此れ皆な全心の德の見れ、理は明らかにして公なるなり。其の他は未だ初に復らず、氣質の累無きこと能はざれば、善有りと雖も皆な私なり。故に孔子の《春秋》には貶有りて褒無し。我が朱夫子の《通鑑綱目》も亦た是れなり」と。此れ傲然と宇宙を蔑視するにて、豈に私に非ずや。天地の聖人の仁、豈に此の如くならんや。是の心を以て《春秋》を看るは、知らざる所以なり、噫。

又曰、昔之善論春秋者、惟孟軻氏・莊周氏爲近之。軻之説曰「孔子作春秋、而亂臣賊子懼」、是以戒言也。周之説曰「春秋以道名分」、是以教言也。斯二者庶幾孔子之志也。夫人之所以異於禽獸者、以其有道也。如是而君臣、如是而父子、如是而長幼・男女・親疎・内外之差等不齊也。敍此者爲禮、順此者爲樂、理此者爲政、防此者爲刑。堯・舜・三王之治皆是物也。時乎衰周、王政不行、物情放肆、於是紊其敍*、乖其順、廢其理、決其防、而天下蕩然矣。孔子有憂之、而無位以行其志。不得已而卽吾父母國之史以明之。陳覆轍、所以懼後車也。遏人變、所以返天常也。

[折衷]曰、以亂臣賊子懼道春秋、孟子以率爾之言誤後世者。其辨旣見于上。莊子以名分眎春秋、是世俗之見、道滅後之言也。其所以取左道者、亦此之由也。惡知春秋。凡以此二者求春秋、是後儒之所以不知春秋也。夫五倫達道也。先王所以布敎化者是已。維持之者禮樂也。故道者禮樂也。孔子之時無王者、禮樂解紐、風俗頽壞。故夫子表章春秋、使人返禮義之正、豈祇道名分、使亂臣賊子懼而已邪。其君臣父子之言、似則似矣、抑末也。

【校記】「於是紊其敍」 原文は「敍」を誤刻する。

〔黄仲炎〕又た曰はく、昔の善く《春秋》を論ずる者は、惟だ孟軻氏・莊周氏のみ之れに近しと爲す。軻の説に曰はく、「孔子《春秋》を作りて、亂臣賊子 懼る」とは、是れ戒を以て言ふなり。周の説に曰はく、「《春秋》は以て名分を道ふ」とは、是れ教を以て言ふなり。斯の二者は孔子の志に庶幾きなり。夫れ人の禽獸に異なる所以は、其の 道有るを以てなり。是の如くにして君臣あり、是の如くにして父子あり、是の如くにして長幼・男女・親疎・内外の差等の齊しからざるあり。此を敍する者を禮と爲し、此に順ふ者を樂と爲し、此を理むる者を政と爲し、此を防ぐ者を刑と爲す。堯・舜・三王の治は皆な是の物なり。時なるか衰周、王政は行はれず、物情は放肆し、是に於いて其の敍を紊し、其の順に乖き、其の理を廢し、其の防を決して、天下は蕩然たり。孔子 之れを憂ふること有れども、而も位の以て其の志を行ふもの無し。已むを得ずして吾が父母の國の史に卽きて以て之れを明らかにす。覆轍を陳ぶるは、後車を懼れしむる所以なり。人變を遏むるは、天常に返す所以なり。

折衷に曰はく、「亂臣賊子 懼る」を以て《春秋》を道ふは、孟子の率爾の言を以て後世を誤る者なり。其の辨は旣に上に見したり。莊子の 名分を以て《春秋》を眎るは、是れ世俗の見、道滅びし後の言なり。其の左道〔邪道〕を取る所以の者も、亦た此に之れ由るなり。惡んぞ《春秋》を知らん。凡そ此の二者を以て《春秋》を求むるは、是れ後儒の《春秋》を知らざる所以なり。

夫れ五倫は達道なり。先王の 教化を布く所以の者は是れのみ。之れを維持する者は禮樂なり。故に道は禮樂なり。孔子の時には王者無く、禮樂は解紐〔弛緩〕し、風俗は頽壞す。故に夫子は《春秋》を表章し、人をして禮義の正しきに返さしむるにて、豈に祇に名分を道ひ、亂臣賊子をして懼れしむるのみならんや。其の君臣・父子の言、似たるは則ち似たれども、抑そも末なり。

又曰、霸圖之盛、王迹之熄也。會盟之繁、忠信之薄也。雖有彼善於此者、卒非治世之事也。聖人何褒焉。至於夷狄之陵中國、臣子奸君父、鬬*干戈以濟貪忿之志、悖天理以傷天地之和者、亦何待貶而後見爲惡也。

折衷曰、霸圖之盛、以王迹之熄故也。盟會者禮也。忠信之薄、亦以王迹之熄故也。其無義戰、亦以王迹之熄故也。王迹之熄、以王之不務德故也。成・康之世、莫有此事、以務德故也。故曰「堯・舜率天下以仁而民從之。桀・紂率天下以暴而民從之」、不其然乎。故凡天下叛亂、罪在王矣。蓋人情古今無二、若乃風俗、與世推移。故聖人務存風俗、禮樂是也。春秋之時、王綱解紐、雖有禮樂、而爲虛文、人習於世流蕩放肆以成俗。然而先王之化未全喪。若管仲之仁掩天下、子產之禮以衞國、晏子・叔向・隨會・狐偃・趙衰・趙盾・百里奚・孟明視・由余・子大叔・蘧伯玉・目夷・子罕・令尹子文・沈尹戌・季友・臧文仲*・子臧*・季札、其他不遑枚擧。此皆春秋之大賢、而能守先王之禮矣。與漢後所謂賢人・君子・忠臣・義士者、不可同日而談。何則昔之行以禮而動。戰國已後、道亡而無禮義。其有志者、如是而禮、如是而義、以己心行之、而不知道。故多是非禮之禮、非義之義也。故君子之褒人、必以禮也。左氏之所記可以見也。此當時道存也。孔子之表章春秋、勸戒世、豈有他哉。欲如是數賢也。苟擧世如數賢、則天下比屋可封矣。堯舜之民豈過之邪。而曰「雖有彼善於此者、聖人何褒焉」。雖其人不知道、不知春秋、而非余所謂蔑視宇宙、傲然自尊大者邪。孟子曰「羞惡之心、人皆有之」。故趙盾之詰董狐、崔杼之殺太史、疾惡名之播於後世也。是以人難於爲惡。然則貶之敎大矣哉。而曰「何待貶而後見爲惡也」。其意謂、孔子作春秋、垂敎於後世、殊不知春秋者周家之大典、周公建之、以褒貶爲經法、勸戒後君臣。伯禽亦用之魯、孔子表章之、以勸當世、豈爲後世之敎邪。故今之春秋周公之大經大法、而世史之所記也。孔子不能贊一辭焉。其曰「孔子作」者、孟子託言、曰「夫子筆削」*者、史遷之妄也。後世又曰「孔子匹夫、不能賞罰天下」。夫褒貶豈賞罰之比邪。且夫春秋者周之大典、不得賞罰天下乎。魯邦國也、不得賞罰一國乎。皆不知道、不知春秋、不知孔子、故致議論紛紛已。

【校記】「鬪干戈以濟貪忿之志」 原文は「干」字を「于」字に誤刻する。
「臧文仲・子臧」 原文は「臧」字を「藏」字に誤刻する。

（黄仲炎）又た曰はく、霸圖の盛んなるは、王迹の熄むことなり。會盟の繁きは、忠信の薄きことなり。彼の 此より善き者有りと雖も、卒に治世の事には非ざるなり。聖人 何ぞ褒めん。夷狄の 中國を陵ぐに至り、臣子の 君父を奸し、干戈を鬪はせて以て貪忿の志を濟し、天理に悖りて以て天地の和を傷つくる者、亦た何ぞ貶を待ちて後に惡と爲れんや。

折衷に曰はく、霸圖の盛んなるは、王迹の熄むを以ての故なり。盟會は禮なり。忠信の薄きも、亦た王迹の熄むを以ての故なり。其の「義戰無き」も、亦た王迹の熄むを以ての故なり。王迹の熄むは、王の德に務めざるを以ての故なり。成・康の世に、此の事有る莫きは、德に務むるを以ての故なり。故に曰はく、「堯・舜 天下を率ゐるに仁を以てして民 之れに從ふ。桀・紂 天下を率ゐるに暴を以てして民 之れに從ふ」（《禮記》大學篇）とは、其れ然らずや。故に凡そ天下の叛亂すること、罪は王に在るなり。

蓋し人情は古今に二無きも、乃ち風俗の若きは、世と與に推移す。故に聖人は風俗を存することに務む、禮樂は是れなり。春秋の時、王綱は解紐（弛緩）し、禮樂有りと雖も、而も虛文と爲り、人は世の流蕩・放肆に習ひて以て俗を成す。然而も先王の化は未だ全ては喪はれず。管仲の仁の天下を掩ひ、子產の禮の以て國を衞り、晏子・叔向・隨會・狐偃・趙衰・趙盾・百里奚・孟明視・由余・子大叔・蘧伯玉・目夷・子罕・令尹子文・沈尹戌・季友・臧文仲・子臧・季札の若き、其の他は枚擧するに遑あらず。此れ皆な《春秋》の大賢にして、能く先王の禮を守りたり。漢後の謂はゆる賢人・君子・忠臣・義士なる者とは、同日にして談ずべからず。何となれば則ち昔の行ひは禮を以て動けばなり。戰國已後は、道亡びて禮義無く、其の志有る者、是の如くにして禮とし、是の如くにして義とし、己が心を以て之れを行ひて、道を知らず。故に多くは是れ非禮の禮、非義の義なり。故に君子の 人を褒むるや必ず禮を以てするなり。《左氏》の記する所 以て見るべし。此れ當時に道の存すればなり。孔子の《春秋》を表章するは、世を勸戒するにて、豈に他有らんや。是の數賢の如きを欲するなり。苟くも世を擧げて數賢の如くんば、則ち天下 屋を比べて封ずべし。堯舜の民も豈に之れに過ぎんや。而るに「彼の 此より善き者有りと雖も、聖人 何ぞ褒めん」と曰ふ。其の人 道を知らず、《春秋》を知らずと雖も、而も余の謂はゆる「宇宙を蔑視して、傲然として自ら尊大する者」に非ずや。

孟子曰はく、「羞惡の心は、人皆な之れ有り」と。故に趙盾の董狐を詰し（宣公02年）、崔杼の太史を殺すは（襄公25年）、惡名の後世に播かるるを疾めばなり。是を以て人は惡を爲すを難しとす。然らば則ち貶の敎へは大なるかな。而るに「何ぞ貶を待ちて後に惡と爲れんや」と云ふ。其の意の謂ふこころは、孔子《春秋》を作り、敎へを後世に垂る、と。殊に知らず、《春秋》は周家の大典にして、周公 之れを建て、褒貶を以て經法と爲し、後の君臣を勸戒するものなるを。伯禽も亦た之れを魯に用ひたれば、孔子 之れを表章し、以て當世に勸むるにて、豈に後世の敎へと爲さんや。故に今の《春秋》は周公の大經大法にして、世史（代々の史官）の記する所なり。孔子は一辭も贊する能はず。其の「孔子の作」と曰ふは、孟子の託言、「夫子の筆削」と曰ふは、史遷の妄なり。後世には又た「孔子は匹夫なれば、天下を賞罰する能はず」と曰ふ。夫れ褒貶 豈に賞罰の比ならんや。且つ夫れ《春秋》は周の大典なるに、天下を賞罰するを得ざるか。魯は邦國なるに、一國を賞罰するを得ざるか。皆な道を知らず、《春秋》を知らず、孔子を知らず、故に議論の紛紛を致すのみ。

又曰、若夫筆削有法而訓敎存焉。崇王而黜霸、尊君而抑臣、貴華而賤夷、辨禮之非、防亂之始、畏天戒、重民生、爲萬世立治準焉。嗚呼、使後之爲君父、爲臣子、爲夫婦、爲兄弟、爲黨友、爲中國御夷狄者、由其法、戒其事、則彝倫正、而禍亂息矣。

折衷曰、王霸之辨起於戰國、春秋之時豈有此邪。是至易見者也。而後儒輒言之者、眩孟子「春秋天子之事也」、及尊王賤霸之言也。其尊君貴華、春秋之一端也、非其本意。何也先王之道仁也。仁治天下民之謂也。凡天地閒之蒼生、天之所生、謂之「天民」。天不能自治之、立之君使治之、是曰天子。故天子代天治民者也。故曰「天工人其代之」。夫君亦人也。民亦人也。而居之崇高之位、翼戴共給、爲所驅役者、以其治己故也。故德則后也。虐則讎也。凡人君體之仁天下。易曰「元善之長、體仁足以長人」。堯・舜・禹・湯・文・武之所爲、詩・書之所載、莫非此者、此道也。外此非有所謂道者矣。故施虐於民、則天命革。詩云「天命靡常」、又云「殷之未喪師、克配上帝」。不罪代者、而罪無仁者。晉滅同姓、以無道於民罪虞。是以「時日害喪」之歎、「願征己」之情、不以民爲罪。湯・武以聖人放伐天子。孔子欲往公山不狃・佛肸之召。此先王之道仁、而「尊君」者一端也。戰國道滅而無仁、各欲私天下。故以詐力爭天下、以威武馭下、刑名於是起。尊君如天、抑臣如土芥。秦漢以後相襲、以尊君爲臣子第一義、加之不知道。故其說春秋、舍仁而言義、由孟子之言、動輒曰「崇王而黜霸、尊君而抑臣」。孟子之時、說士之干時君、王霸對說、以詐力爲霸道、進彊國之術。於是乎孟軻道仁義、張王道、遂有王霸之辨。春秋之時、豈有之乎。齊桓・晉文亦皆王道也。故孟子所謂尊王者謂王道也、非尊周天子。不然何勸齊・梁君以王乎。其曰「天子之事也」、亦王霸之辨也。是牽時習然已。後儒不唯不知春秋也、亦不知孟子矣。夫春秋之夷狄、多是子爵、而列五等、非後世匈奴・契丹・突厥・烏孫等之比。其侵陵中國、非如漢晉以後也。後儒據孟子非管仲、且爲春秋有貶而無褒。然孔子稱管仲曰「如其仁、如其仁」、「微管仲、我其被髮左衽」、是管仲以仁攘夷狄也。宋儒搆造性理之學、自謂「當我代繼不傳之正統」、而天下翕然崇信之。又謂「聖人修春秋之志、屈於千數百載而伸於今也」。其道之當否且不論矣。至宋胡元一統爲天子、堂堂華夏變爲左衽。蓋當時君民非不奉崇其道、而使聖人之志能伸者、果如斯乎。己不能而以責古人爲事、是聖人之罪人也。余極口罵宋儒者爲是也。獲罪世君子、不敢辭也。春秋廢三傳、以臆斷之、唐啖・趙爲之俑、至宋孫復・程頤、用鑿空之說、遂以春秋爲斷獄之書。自時厥后、紛紛擾擾、終無歸于一矣。然大抵不過逐孫・程二氏之形影耳。黃仲炎論頗詳、故特表出而辨之。余不盡論、可類推也。

（黄仲炎）又た曰はく、夫の筆削の若きは法有りて訓敎 焉に存す。王を崇びて霸を黜け、君を尊びて臣を抑へ、華を貴びて夷を賤しみ、禮の非を辨じ、亂の始を防ぎ、天戒を畏れ、民生を重んじ、萬世の爲めに治準を焉に立つ。嗚呼、後の君父と爲り、臣子と爲り、夫婦と爲り、兄弟と爲り、黨友と爲り、中國の爲めに夷狄を御ぐ者をし

て、其の法に由り、其の事を戒めしめば、則ち彝倫は正しくして、
禍亂は息まん。

折衷に曰はく、王霸の辨は戰國に起こるものにして、春秋の時に豈に此れ有らんや。是れ至りて見易き者なり。而るに後儒 輒ち之れを言ふは、孟子の「《春秋》は天子の事なり」、及び尊王賤霸の言に眩みたればなり。其の 君を尊び華を貴ぶは、《春秋》の一端にして、其の本意には非ざるなり。何となれば、先王の道は仁なればなり。仁は天下の民を治むることを之れ謂ふなり。凡そ天地の閒の蒼生は、天の生む所なれば、之れを「天民」と謂ふ。天 自らは之れを治むること能はず、之れが君を立てて之れを治めしむ、是れ「天子」と曰ふ。故に天子は天に代はりて民を治むる者なり。故に「天工 人其れ之れに代はる〔《尚書》皐陶謨〕」と曰ふ。夫れ君も亦た人なり。民も亦た人なり。而るに之れを崇高の位に居き、翼戴共給し、驅役〔追い立てて使役する〕する所と爲るは、其の己れを治むるを以ての故なり。故に德あらば則ち后なり。虐せば則ち讎なり。凡そ人君は之れを體して天下を仁にす。《易》に曰はく、「元は善の長、仁を體せば以て人に長たるに足る」〔《周易》乾卦文言傳〕と。堯・舜・禹・湯・文・武の爲す所、《詩》・《書》の載する所、此に非ざる者莫きは、此の道なり。此を外にして謂はゆる「道」なる者有るには非ざるなり。故に虐を民に施さば、則ち天命 革まる。《詩》に云ふ、「天命 常靡し」、又た云ふ、「殷の未だ師を喪はざるや、克く上帝に配す」〔《毛詩》大雅・文王篇〕と。代はる者を罪せずして、仁無き者を罪す。晉 同姓を滅すも、民に無道なるを以て虞を罪す〔僖公05年〕。是を以て「時の日害か喪びん」〔《孟子》梁惠王上篇所引〈湯誓〉〕の歎、「己を征するを願ふ」〔《孟子》梁惠王下篇所引《書》〕の情あるは、民を以て罪と爲さざればなり。湯・武は聖人を以て天子を放伐す。孔子 公山不狃・佛肸の召きに往かんと欲す。此れ先王の道は仁にして、「尊君」は一端なればなり。戰國は道滅びて仁無く、各おの天下を私す。故に詐力を以て天下を爭ひ、威武を以て下を馭せんと欲し、刑名 是に於いてか起こる。君を尊ぶこと天の如く、臣を抑ふること土芥の如し。秦漢以後は相襲ひ、尊君を以て臣子の第一義と爲し、之れに加ふるに道を知らず。故に其の《春秋》を説くや、仁を舍きて義を言ひ、孟子の言に由りて、動もすれば輒ち「王を崇びて霸を黜け、君を尊びて臣を抑ふ」と曰ふ。孟子の時、說士の時君に干むるや、王・霸をば對說し、詐力を以て霸道と爲し、彊國の術を進む。是に於いてか孟軻 仁義を道ひ、王道を張り、遂に王・霸の辨有り。春秋の時、豈に之れ有らんや。齊桓・晉文も亦た皆な王道なり。故に孟子の謂はゆる尊王とは王道を謂へるにて、周の天子を尊ぶには非ざるなり。然らずんば何ぞ齊・梁の君に勸むるに王を以てせんや。其の「天子の事なり」と曰ふも、亦た王霸の辨なり。是れ時習に牽かれて然するのみ。後儒は唯に《春秋》を知らざるのみならず、亦た孟子を知らざるなり。夫れ春秋の夷狄は、多くは是れ子爵にして、五等に列し、後世の匈奴・契丹・突厥・烏孫等の比に非ず。其の 中國を侵陵するは、漢・晉以後の如きに非ざるなり。後儒は孟子の 管仲を非とするに據り、且つ《春秋》に貶有れども褒無しと爲す。然れども孔子 管仲を稱して「其の仁に如かんや、其の仁に如かんや」、「管仲微かりせば、我れ其れ被髮左衽せん」〔《論語》憲問篇〕と曰ふは、是れ管仲 仁を以て夷狄を攘へばなり。宋儒は性理の學を搆造し、自ら「當に我れ代はりて不傳の正統を繼ぐべし」と謂ひ、而して天下翕然として〔一致して〕之れを崇信す。又た「聖人《春秋》の志を修め、千數百載に屈して今に伸ぶるなり」と謂ふ。其の道ふことの當否

は且くは論ぜず。宋に至りて胡元 一統して天子と爲り、堂堂たる華夏は變じて左衽と爲る。蓋し當時の君民 其の道を奉崇せざるに非ざらんも、而も聖人の志をして能く伸ばさしむる者は、果たして斯の如きか。己れの能はずして古人を責むるを以て事と爲すは、是れ聖人の罪人なり。余の 口を極めて宋儒を罵るは是れが爲めなり。罪を世の君子に獲らんも、敢へて辭せざるなり。

《春秋》をば三傳を廢し、臆を以て之れを斷ずるは、唐の啖・趙之れが倆〔惡例〕を爲し、宋の孫復・程頤に至りて、鑿空〔當てずっぽう〕の説を用ひ、遂に《春秋》を以て斷獄の書と爲す。時より厥の后、紛紛擾擾として、終に一に歸する無し。然れども大抵は孫・程二氏の形影を逐ふに過ぎざるのみ。黄仲炎の論は頗る詳し、故に特に表出して之れを辨ず。余の 盡くは論ぜざるは、類推すべければなり。

王申子曰、春秋有貶無褒、乃夫子一部法書。出於周公之禮、則入於夫子之法。撥亂反正、無罪不書。其志封疆者、所以著侵奪之罪也。其志世次者、所以著簒弑之罪、志禮樂志正朔者、著僭竊無王之罪也。志官職志兵刑者、著違制害民之罪也。

折衷曰、如斯夫子一獄吏耳、而雖申・商不如此刻矣。此本不足辨也。然宋儒流弊有如此者、不可不知焉。其尤可笑者、曰「侯國不合自稱元年、故書元年、魯不合以子月爲春、故書春。擧世不知有王、故書王。子月非正月、故書正」。以秦漢以後、天下一家、以年號行之視之、故曰「侯國不合稱元年」。以前後文觀之、擧世不合稱王、故書王也。餘不足辨也。但以元年與公爲僭、出乎胡安國。蓋宋人之苛刻、爲夷狄所化也。王申子元人、身在夷狄、何知華夏之揖讓也。

王申子曰はく、《春秋》には貶有りて褒無く、乃ち夫子の一部の法書なり。周公の禮に出でて、則ち夫子の法に入る。亂を撥め正しきに反し、罪として書せざるは無し。其の 封疆を志すは、侵奪の罪を著す所以なり。其の 世次を志すは、簒弑の罪を著す所以なり。禮樂を志し正朔を志すは、僭し竊みて王を無みするの罪を著すなり。官職を志し兵刑を志すは、制に違ひ民を害ふの罪を著すなり。

折衷に曰はく、斯の如くんば夫子は一獄吏なるのみにして、申・商と雖も此の如くに刻ならず。此れ本より辨ずるに足らざるなり。然れども宋儒の流弊 此の如き者有るは、知らざるべからず。其の尤も笑ふべき者は、曰はく、「侯國は合に自ら元年を稱すべからず、故に元年と書す。魯は合に子月を以て春と爲すべからず、故に春と書す。世を擧げて王有るを知らず、故に王と書す。子月は正月に非ず、故に正と書す」と。秦漢以後、天下は一家となり、年號を以て之れを行ひ之れを視るを以て、故に「侯國は合に自ら元年を稱すべからず」と曰ふ。前後の文を以て之れを觀るに、世を擧げて合に王と稱すべからず、故に「王」を書するなり。餘は辨ずるに足らざるなり。但だ「元年」と「公」とを以て僭と爲すは、胡安國に出づ。蓋し宋人の苛刻は、夷狄の化する所と爲ればならん。王申子は元人、身は夷狄に在れば、何ぞ華夏の揖讓を知らんや。

黄澤曰、杜氏云「凡策書皆有君命」、謂如諸國之事應書於策、須先稟命於君然後書。如此則應登策書、事體甚重。又書則皆在大廟。如孟獻子書勞于廟、亦其例也。據策書事體如此、孔子非史官、何由得見國史策文與其簡牘本末、考見得失、而加之筆削。蓋當時史法錯亂、魯之史官以孔子是聖人、欲乘此機託之以正書法、使後之作史者有所依據。如此則若無君命、安可修改。史官若不稟之君命、安敢以國史示人。據夫子正樂、須與大師師襄之屬、討論詳悉、然後可爲。不然則所正之樂、如「師摯之始、關雎之亂*、洋洋乎盈耳」、時君時相謂之全不聞知可乎。又「哀公使孺悲學士喪禮於孔子。士喪禮於是乎書」、則其餘可知也。蓋當時魯君雖不能用孔子、至於託聖人以正禮樂正書法、則決然有之。如此則春秋一經出於史官、先稟命於君、而後贊成其事也。

折衷曰、託孔子正書法、雖孔子聖也、豈有此事邪。此以信孔子筆削、而無其理、故設成此說已。此則不足言也。第論孔子不能筆削春秋甚確矣。足釋千載之惑、故錄之。

【校記】「關雎之亂」 原文は「之」字を脱する。

黄澤曰はく、杜氏の「凡そ策書には皆な君命有り」と云ふは、諸國の事の應(まさ)に策に書すべきが如きは、須らく先づ命を君に稟けて然る後に書すべきことを謂ふ。此の如くんば則ち應に策書に登すべきもの、事體は甚だ重し。又た書することは則ち皆な大廟に在り。孟獻子の勞を廟に書する（襄公13年）が如きも、亦た其の例なり。策書の事體の此の如きに據るに、孔子は史官に非ざれば、何に由りて國史の策文と其の簡牘の本末とを見、得失を考見し、而して之れに筆削を加ふるを得んや。蓋し當時は史法の錯亂したれば、魯の史官 孔子は是れ聖人なるを以て、此の機に乘じて之れに託するに書法を正すを以てし、後の史を作る者をして依據する所有らしめんと欲すればならん。此の如くんば則ち若し君命無くんば、安んぞ修改すべけんや。史官 若し之れが君命を稟けずんば、安んぞ敢へて國史を以て人に示さんや。夫子の 樂を正すに據らば、須らく大師師襄（《史記》孔子世家）の屬と、討論すること詳悉、然る後に爲すべし。然らずんば則ち正す所の樂、「師摯の始、關雎の亂、洋洋乎として耳に盈(み)つ」（《論語》泰伯篇）の如き、時君・時相 之れを全く聞知せずと謂ひて可なるか。又た「哀公 孺悲をして士喪禮を孔子に學ばしむ。士喪禮 是に於いてか書せらる」（《禮記》雜記下）れば、則ち其の餘は知るべきなり。蓋し當時 魯君は孔子を用ふること能はずと雖も、聖人に託するに禮樂を正し、書法を正すを以てするに至りては、則ち決然として之れ有り。此の如くんば則ち《春秋》一經は史官より出で、先づ命を君に稟け、而る後に其の事を贊成するなり。

折衷に曰はく、孔子に託して書法を正すとは、孔子の聖なりと雖も、豈に此の事有らんや。此れ孔子の筆削を信ぜんとして、而も其の理無きを以て、故に此の說を設け成すのみ。此は則ち言ふに足らざるなり。第(た)だ「孔子《春秋》を筆削する能はざる」を論ずることは甚だ確かなり。千載の惑ひを釋するに足る、故に之れを錄す。

呂大圭曰、自世儒以春秋之作、乃聖人賞善罰惡之書、而所謂「天子之事」者、謂其能制賞罰之權而已。彼徒見春秋一書、或書名、或書字、或書人、或書爵、或書氏、或不書氏、於是爲之說曰「其書字、書爵、書氏者、褒之也。其書名、書人、不書氏者、貶之也。褒之故予之、貶之故奪之。予之所以代天子之賞、奪之所以代天子之罰。賞罰之權、天王不能自執、而聖人執之。所謂『章有德、討有罪』者、聖人固以自任也」。夫春秋魯史也。夫子匹夫也。以魯國而欲以僭天王之權、以匹夫而欲以操賞罰之柄。夫子本惡天下諸侯之僭天子、大夫之僭諸侯、下之僭上、卑之僭尊、爲是作春秋以正名分。而己自蹈之、將何以律天下。聖人不如是也。蓋是非者人心之公、不以有位無位、而皆得以言。故夫子得因魯史以明是非。賞罰者天王之柄、非得其位則不敢專也。故夫子不得假魯史以寓賞罰。是非道也。賞罰位也。夫子者道之所在、而豈位之所在乎。且夫夫子匹夫也。固不得*擅天王之賞罰。魯諸侯之國也。獨可以*擅天王之賞罰乎。魯不可擅天王賞罰之權、乃夫子推而予之、則是夫子不敢自僭、而乃使魯僭之、聖人尤不如是也。大抵學者之患往往在於尊聖人大過、而不明乎義理之當然。欲尊聖人、而實背之。或謂「春秋爲聖人變魯之書」、或謂「變周之文、從商之質」、或謂「兼三代之制」。其意以爲「夏時・殷輅・周冕・虞韶、聖人之所以告顏淵者、不見諸用、而寓其說於春秋」、此皆繆妄之論。夫四代禮樂、孔子所以告顏淵者、亦謂其得志行道、則當如是爾。豈有無其位、而修當時之史、乃遽正之以四代之制乎。夫子魯人、故所修者魯史、其時周也、故所用者時王之制、此則聖人之大法也。謂其於*修春秋之時、而竊禮樂賞罰之權以自任、變時王之法、兼三代之制、不幾於誣聖人乎。學者妄相傳襲、其爲傷敎害義、於是爲甚。後之觀春秋者、必知夫子未嘗以禮樂賞罰之權自任、而後可以破諸儒之說。諸儒之說既破、而後吾夫子所以修春秋之旨、與夫孟子所謂「天子之事」者、皆可得而知之矣。

[折衷]曰、左氏知道者也。故論其得失、必曰「禮也」、「非禮也」。後儒不知道者也。故曰「是非」。夫是非不公者也。是非之公者、皆道也。如父子之親、君臣之義、夫婦之別、長幼之序、朋友之信是也。今日日用瑣碎之是非、皆以己所見爲是非、豈復有所謂天理之公者邪。是非若定于一、則後世說春秋、何有數十百家乎。若曰未盡理、則是非容易之事、必聖人而後通春秋也。聖人爲之窮理、因義而制禮、使民由之。故春秋之大經大法者、周公之禮也。其禮所在、自左氏之例而見焉。故春秋廢左氏之例者、不知春秋者也。是則亡論已。但呂氏非斥「夫子作春秋而行天子之賞罰」甚確實、故錄之。所謂「執戈入其室」者也。

【校記】「固不得擅天王之賞罰」　原文は「擅」字を「檀」字に誤刻する。下文も同じ。
「謂其於修春秋之時」　呂氏《春秋或問》に據る。原文は《經義考》の「謂其修於春秋之時」の誤刻を襲う。

呂大圭曰はく、世儒の《春秋》の作は乃ち聖人の賞善罰惡の書と以ひてより、謂はゆる「天子之事」とは、其の能く賞罰の權を制するを謂ふのみ。彼は徒だ《春秋》一書の、或いは名を書し、或いは字を書し、或いは人と書し、或いは爵を書し、或いは氏を書し、或いは氏を書せざるを見るのみにて、是に於いて之れが說を爲して曰はく、「其の字を書し、爵を書し、氏を書するは、之れを褒むるなり。其の名を書し、人と書し、氏を書せざるは、之れを貶するなり。之れを褒むるが故に之れを予へ、之れを貶するが故に之れを奪ふ。之れに予ふるは天子の賞するに代はる所以、之れを奪ふは天子の罰するに代はる所以なり。賞罰の權をば、天王は自ら執る能はずして、聖人 之れを執る。謂はゆる『有德を章らかにし、有罪を討つ』（《尚書》皐陶謨）とは、聖人固より以て自ら任ずるなり」と。夫れ《春秋》は魯史なり。夫子は匹夫なり。魯國を以てして以て天王の權を僭さんと欲し、匹夫を以てして以て賞罰の柄を操らんと欲す。夫子本より天下の諸侯の 天子を僭し、大夫の 諸侯を僭し、下の 上を僭し、卑の 尊を僭すを惡み、是れが爲めに《春秋》を作りて以て名分を正す。而るに己れ自ら蹈みて、將た何を以て天下を律せんや。

聖人は是の如くならざるなり。蓋し是非は人心の公にして、有位無位を以てせずして、皆な以て言ふを得るなり。故に夫子 魯史に因りて以て是非を明らかにするを得るなり。賞罰は天王の柄にして、其の位を得るに非ずんば、則ち敢へて專らにせず。故に夫子は魯史を假りて以て賞罰を寓するを得ず。是非は道なり。賞罰は位なり。夫子は道の在る所にして、豈に位の在る所ならんや。且つ夫れ夫子は匹夫なり。固より天王の賞罰を擅にするを得ず。魯は諸侯の國なり。獨り以て天王の賞罰を擅にすべけんや。魯は天王の賞罰の權を擅にすべからず。乃るに夫子 推して之れを予ふるは、則ち是れ夫子敢へて自らは僭さずして、乃りて魯をして之れを僭さしむるにて、聖人は尤も是の如くならざるなり。大抵 學ぶ者の患ひは往往にして聖人を尊ぶことの大だ過ぎて、義理の當然に明らかならざるに在り。聖人を尊ばんと欲して、而も實は之れに背く。或いは「《春秋》は聖人の 魯を變ずるの書爲り」と謂ひ、或いは「周の文を變じ、商の質に從ふ」と謂ひ、或いは「三代の制を兼ぬ」と謂ふ。其の意は以爲へらく、「夏時・殷輅・周冕・虞韶は、聖人の顏淵に告ぐる所以の者〔《論語》衛靈公篇〕にして、諸を用ひられずして、其の說を《春秋》に寓す」とは、此れ皆な繆妄の論なり。夫れ四代の禮樂をば、孔子の 顏淵に告ぐる所以は、亦た其の 志を得て道を行はば、則ち當に是の如くすべきことを謂ふのみ。豈に其の位無くして、而も當時の史を修め、乃ち遽かに之れを正すに四代の制を以てすること有らんや。夫子は魯人なり、故に修むる所は魯史、其の時は周なり、故に用ふる所は時王の制、此れ則ち聖人の大法なり。「其の《春秋》を修むる時に於いて、禮樂・賞罰の權を竊みて以て自ら任じ、時王の法を變じ、三代の制を兼ぬ」と謂ふは、聖人を誣ふるに幾からずや。學ぶ者の妄りに相ひ傳襲するは、其の 敎へを傷つけ義を害ふこと爲る、是に於いて甚しと爲す。後の《春秋》を觀る者、必ず夫子の未だ嘗つて禮樂賞罰の權を以て自ら任ぜざるを知りて、而る後に以て諸儒の說を破るべし。諸儒の說の既に破られて、而る後に吾が夫子の《春秋》を修むる所以の旨と、夫の孟子の謂はゆる「天子之事」とは、皆な得て之れを知るべきなり。

折衷に曰はく、《左氏》は道を知る者なり。故に其の得失を論ずるに、必ず「禮なり」、「禮に非ざるなり」と曰ふ。後儒は道を知らざる者なり。故に「是非」と曰ふ。夫れ是非は公ならざる者なり。是非の公なる者は、皆な道なり。父子の親、君臣の義、夫婦の別、長幼の序、朋友の信の如き是れなり。今日の日用の瑣碎の是非は、皆な己が所見を以て是非と爲すにて、豈に復た謂はゆる「天理の公」なる者有らんや。是非 若し一に定まるならば、則ち後世の《春秋》を說くに、何ぞ數十百家有らんや。若し未だ理を盡くさずと曰はば、則ち是れ容易の事に非ず、必ず聖人にして而る後に《春秋》に通ずるなり。聖人之れが爲めに理を窮め、義に因りて禮を制し、民をして之れを由らしむ。故に《春秋》の大經大法は、周公の禮なり。其の禮の在る所は《左氏》の例に自りて見はる。故に《春秋》に《左氏》の例を廢するは、《春秋》を知らざる者なり。是れ則ち論ずる亡きのみ。但だ呂氏の「夫子《春秋》を作りて天子の賞罰を行ふ」を非斥すること甚だ確實なり、故に之れを錄す。謂はゆる「戈を執りて其の室に入る」者なり。

顧炎武曰、春秋不始於隱公。晉韓宣子聘魯、觀書於大史氏。見易象與魯春秋曰、「周禮盡在魯矣。吾乃今知周公之德與周之所以王也」。蓋必起自伯禽之封、以洎於中世、當周之盛、朝覲會同征伐*之事皆在焉、故曰周禮。而成之者古之良史也。自隱公以下、世衰道微、史失其官。於是孔子懼而修之。自惠公以上之文、無所改焉。所謂述而不作者也。自隱公以下、則孔子以己意修之。所謂作春秋也。然則自惠公以上之春秋、固夫子所善而從之者也。惜乎其書之不存也。

折衷曰、春秋豈一人之筆邪。又豈皆良史邪。韓宣子所贊、謂周公之法也。故曰「周禮盡在魯矣。吾乃今知周公之德與周之所以王也」、豈謂良史者哉。魯史之法、固與諸國異也。史官能得周公之法而記之、故韓宣子云然。如晉乘則史官各以意記之。故夫子謂「董狐良史也」。隱公以下亦然。孔子豈作之邪。曰「孔子作之」者、孟子之妄也。公羊因之曰「有不修春秋」、是在尊孔子之大過、而不得其意也。如孟子更曰「天子之事也」、曰「其義則丘竊取之矣」、曰「亂臣賊子懼」、皆是矯誣之詞、雖爲救時哉、惑後世之罪不容誅。而後儒聚訟爲之說、終不能通之矣。寧人爲是僻說、本不足言。然恐後進眩其新奇、不可不辨焉。

【校記】「征伐之事皆在焉」 原文は「伐」字を「代」字に誤刻する。

顧炎武曰はく、《春秋》は隱公に始まらず。晉の韓宣子 魯に聘し、書を大史氏に觀る。《易》象と魯の《春秋》とを見て曰はく、「周の禮は盡く魯に在り。吾れ乃て今にして周公の德と周の王たる所以とを知るなり」と。蓋し必ずや伯禽の封ぜられしより起こり、以て中世に洎び、周の盛んなるに當たり、朝覲・會同・征伐の事は皆な焉に在り、故に「周の禮」と曰ひしならん。而して之を成す者は古の良史なり。隱公より以下、世は衰へ道は微に、史は其の官を失ふ。是に於て孔子 懼れて之を修む。惠公より以上の文は、改むる所無し。謂はゆる「述べて作らざる」者なり。隱公より以下は、則ち孔子、己が意を以て之を修む。謂はゆる「《春秋》を作る」なり。然らば則ち惠公より以上の《春秋》は、固より夫子の善みして之に從ふ所の者なり。惜いかな其の書の存せざること。〔《日知錄》卷四〕

折衷に曰はく、《春秋》豈に一人の筆ならんや。又た豈に皆な良史ならんや。韓宣子の贊する所は、周公の法を謂へるなり。故に「周の禮は盡く魯に在り。吾れ乃て今にして周公の德と周の王たる所以とを知るなり」と曰ふは、豈に良史を謂ふ者ならんや。魯史の法は、固より諸國と異なるなり。史官 能く周公の法を得て之れを記す、故に韓宣子 然か云ふ。晉の乘の如きは、則ち史官各おの意を以て之れを記す。故に夫子「董狐は良史なり」〔宣公02年〕と謂ふ。隱公以下も亦た然り。孔子豈に之れを作らんや。「孔子之れを作る」と曰ふは、孟子の妄なり。《公羊》之れに因りて「不修春秋有り」と曰ふは、是れ孔子を尊ぶこと大だ過ぎて、其の意を得ざることに在るなり。孟子の更に「天子の事なり」と曰ひ、「其の義は則ち丘竊に之れを取れり」と曰ひ、「亂臣賊子懼る」と曰ふが如きは、皆な是れ矯誣の詞にして、時を救ふが爲めなりと雖も、後世を惑はせるの罪は誅を容れず。而るに後儒は聚訟して之れが說を爲すも、終に之れに通ずる能はず。〔顧〕寧人の是の僻說を爲すは、本より言ふに足らず。然れども後進の 其の新奇に眩むを恐れ、之れを辨ぜざるべからざるなり。

左傳

物茂卿曰、韓宣子所見魯春秋、卽丘明所藏其文也。故公・穀稱傳、而左特稱春秋者、以此後世微檃栝其文、稍加書・不書・書曰之類、以成傳體、遂有左傳之稱也。

折衷曰、公・穀之文、自是漢時之傳體、非古也。古所謂傳者、如大傳・閒傳及易傳是也。凡禮記等述其義者皆傳也。丘明爲孔子春秋出緝錄諸國之記載、以述其義、是則傳也。傳中錄至零碎者、魯史何及此。且左氏開卷「惠公元妃孟子也」之一條、非傳而何。物子見道甚明矣、其於春秋、研究未至也。

物茂卿曰はく、韓宣子 見る所の魯の《春秋》は、卽ち丘明 其の文を藏する所なり。故に《公》・《穀》には「傳」と稱するも、而も《左》のみ特に《春秋》と稱するは、此れ後世 微(かすか)に其の文を檃栝(いんくわつ)（たわめただす）し、稍や「書」・「不書」・「書曰」の類を加へて、以て「傳」の體を成すを以て、遂に《左傳》の稱有るなり。（《徂徠集》卷二十二「對士茹問」）

折衷に曰はく、《公》・《穀》の文は、自ら是れ漢時の傳の體にして、古に非ざるなり。古の謂はゆる「傳」とは、〈大傳〉・〈閒傳〉及び〈易傳〉の如き、是れなり。凡そ《禮記》等の、其の義を述ぶる者は皆な傳なり。丘明 孔子の《春秋》の爲めに出でて諸國の記載を緝錄し、以て其の義を述ぶるは、是れ則ち「傳」なり。傳中 至りて零碎なる者を錄するは、魯史 何ぞ此に及ばん。且つ《左氏》開卷の「惠公の元妃は孟子なり」の一條、傳に非ずして何ぞや。物子は道を見ることは甚だ明らかなるも、其の《春秋》に於いては、研究 未だ至らざるなり。

杜預曰、左丘明受經於仲尼、以爲經者不刊之書也。故傳或先經以始事、或後經以終義、或依經以辨理、或錯經以合異、隨義而發。其例之所重、舊史遺文、畧不盡擧。非聖人所脩之要故也。

折衷曰、周公之典則、存於史官也。丘明爲世官、則固所熟知也。若須傳授而知之、則雖孔子不得不受於丘明也。是以春秋之傳、不得不出於丘明也。*郝敬不知之、曰「夫子不傳顏・曾、何傳丘明也」。杜亦爲孔子作、故云爾。丘明裁取諸國記載、隨經而直記、故有先經後經之事。魯之所記、與諸國有異同、丘明直記、故有不與經合者。此丘明所不用斧鑿、爲可貴也。杜云「例之所重云云」者、亦爲孔子作故也。

【校記】「郝敬」 原文は「敬」字を「經」字に誤刻する。

杜預曰はく、左丘明は經を仲尼に受けて、以爲へらく經は刊(けづ)るまじきの書なりと。故に傳或いは經に先だちて以て事を始め、或いは經に後(おく)れて以て義を終へ、或いは經に依りて以て理を辨じ、或いは經に錯(たが)へて以て異を合はせ、義に隨ひて發するなり。其の例の重なる所は、舊史の遺文なれば、畧して盡くは擧げず。聖人の脩むる所の要に非ざるが故なり。（《春秋經傳集解》序）

折衷に曰はく、周公の典則は、史官に存するなり。丘明は世官（世襲の官）爲(た)れば、則ち固(もと)より熟知する所なり。若し傳授を須(ま)ちて之れを知るとならば、則ち孔子と雖も丘明より受けざるを得ざるなり。是(ここ)を以て《春秋》の傳は、丘明より出でざるを得ざるなり。郝敬は之れを知らず、「夫子 顏（淵）・曾（參）に傳へざるに、何ぞ丘明に傳ふるや」と曰ふ。杜も亦た「孔子作」と爲す、故に爾(しか)云ふ。丘明 諸國の記載を裁取し、經に隨ひて直記す、故に「先經後經」の事有り。魯の記する所、諸國と異同有るも、丘明は直記す、故に經と合はざる者有り。此れ丘明の 斧鑿を用ひざる所、貴ぶべしと爲すなり。杜の「例の重なる所云云」と云ふは、亦た「孔子の作」と爲すが故なり。

朱熹曰、春秋之書、且據左氏。當時聖人據實而書、其是非得失、付諸後世公論、蓋有言外之意。若必於一字一辭之閒求褒貶所在、竊恐不然。

折衷曰、朱氏謂「且據左氏」、其意不滿於左氏。此所以不知春秋也。此則勿論已。其曰「是非得失、付諸後世公論」、公論果何物乎。何後世紛紛也。「於一字一辭之閒褒貶」、固在求之左氏了然、豈求於己意邪。

朱熹曰はく、《春秋》の書、且くは《左氏》に據る。當時 聖人 實に據りて書し、其の是非得失をば、諸を後世の公論に付するは、蓋し言外の意有ればならん。必ず一字一辭の閒に於いて褒貶の所在を求むるが若きは、竊かに恐らくは然らざるを。〔《朱子語類》卷83春秋綱領〕

折衷に曰はく、朱氏謂ふ、「且くは《左氏》に據る」とは、其の意《左氏》に滿たざるなり。此れ《春秋》を知らざる所以なり。此れは則ち論ずる勿きのみ。其の「是非得失をば、諸を後世の公論に付す」と曰ふも、公論とは果たして何物ならんや。何ぞ後世に紛紛となるや。「一字一辭の閒に於いて褒貶す」るは、固より之れを《左氏》に求めて了然たるに在れば、豈に己が意に求めんや。

又曰、春秋傳例多不可信。聖人記事、安有許多義例。

折衷曰、此自有傳例後之言也。何則春秋簡約、不由傳安得事實。旣不得事實、何見善惡。夫例者周之禮、而周公之德之所建、左氏之所記是也。然在當時得事實、則是非善惡自見、不須例也。是韓宣子所以一見而歎。然無例、則何知周公德之所在邪。孔子之述止於春秋者爲是也。丘明故記事實、兼書例者、爲慮後世之不能通於春秋故也。假令始止讀春秋、雖有大聰慧、不能知爲何義焉。桓譚亦曰「左氏經之與傳、猶衣之表裏相待而成。經而無傳、使聖人閉門、思之十年、不能知也」。故其始由左氏通其義、而後背之、公・穀爲之俑、至宋汎濫自恣、而其例倍蓰於左氏。而曰「安有許多義例」、何言之相矛盾邪。今夷考之、公・穀自是漢時之氣習、故其說甚鄙俗、不足言。宋後理學之所發、故悉穿鑿吹毛求疵、實可惡者也。獨左氏雍容閒雅、三代之氣象、於是乎在。凡舍左氏而言春秋、皆妄說也。

〔朱熹〕又た曰はく、《春秋》の傳例 多くは信ずべからず。聖人 事を記すに、安んぞ許多の義例有らんや。〔《朱子語類》卷83春秋綱領〕

折衷に曰はく、此れ傳例有りてより後の言なり。何となれば則ち《春秋》は簡約、傳に由らずんば安んぞ事實を得ん。旣に事實を得ざれば、何ぞ善惡を見さん。夫れ例は周の禮にして、周公の德の建つる所、《左氏》の記する所 是れなり。然れども當時に在りては事實を得たれば、則ち是非善惡自ら見れ、例を須たざるなり。是れ韓宣子の一見して歎ずる所以なり。然れども例無くんば、則ち何ぞ周公の德の所在を知らんや。孔子の述ぶること《春秋》に止まるは是れが爲めなり。丘明の故に事實を記し、兼ねて例を書するは、後世の《春秋》に通ずる能はざるを慮るが爲めの故なり。假令始めて止だ《春秋》を讀むのみならば、大聰慧有りと雖も、何の義爲るかを知る能はず。桓譚も亦た曰はく、「《左氏》經の傳に與けるや、猶ほ衣の表裏 相待ちて成るがごとし。經ありて傳無くんば、使し聖人 門を閉ぢて之れを思ふこと十年なるも、知る能はざるなり」〔《桓譚新論》正經〕と。故に其の始めは《左氏》に由りて其の義に通ずるに、而も後に之れに背くは、《公》・《穀》之れが俑〔惡例〕を爲し、宋の汎濫して自ら恣にするに至りて、其の例は《左氏》に倍蓰〔數倍〕す。而るに「安んぞ許多の義例有らんや」と曰ふは、何ぞ言の相矛盾するや。今之れを夷考〔考察〕するに、《公》・《穀》は自ら是れ漢時の氣習、故に其の說は甚だ鄙俗なれば、言ふに足らず。宋後の理學の發する所、故に悉く穿鑿し、毛を吹きて疵を求むるは、實に惡むべき者なり。獨り《左氏》のみ雍容〔溫和〕閒雅〔閑雅〕、三代の氣象是に於いてか在り。凡そ《左氏》を舍きて《春秋》を言ふは、皆な妄說なり。

黄仲炎曰、先儒謂左氏非丘明、丘明乃孔子前輩。故孔子云「左丘明耻之、丘亦耻之」、先丘明而後己、尊之也。楚左史倚相能讀三墳・五典・八索・九丘、蓋今左氏傳卽楚左史也。古者史世其官、則傳是書者、倚相之後也。故左傳載楚事、比他國爲特詳、是得其實。

［折衷］曰、左氏世仕魯、官於左史。遷・固以來、卽謂論語之左丘明是也。凡漢儒雖多傅會、亦有相傳之說、不可盡廢也。左氏之爲丘明、雖無證驗、而要之、非七十子以後之人物。何則凡禮記・家語・孟子等、雖去聖人不遠哉、其中與道背馳者、不爲不多焉。以其出於七十子之後、禮樂亡、唯議論是務、以己意傳鑿也。惟左氏則不然也。事皆以禮斷之、絕無戰國儒者氣象。其所論莫不悉合於道矣、宛然春秋之人物也。而亦有非學道者、不能道者也。則爲孔子之弟子無疑矣。乃漢儒以爲丘明、恐是相傳之說也。蓋左氏者魯史官、而爲孔子之弟子者、以世官姓左、丘明其名也。朱彝尊曰「司馬遷曰『左丘失明、厥有國語』、風俗通曰『丘姓、魯左丘明之後』。然則左丘爲複姓甚明。孔子作春秋、明爲作傳。春秋止獲麟、傳乃詳書『孔子卒』。孔子旣卒、周人以諱事神、名終將諱之。爲弟子者、自當諱師之名。此第稱左氏傳、而不書左丘也」。雖復有理也、馬遷・應劭不可信。且古人臨文不諱、則其義非矣。後儒謂左氏非丘明、丘明亦非孔子之弟子也、曰「論語左丘明耻之、丘亦耻之。夫子自比、皆引往人。故曰竊比於我老彭、則丘明者夫子以前賢人」。唐啖助・趙匡唱之、宋劉敞・朱熹和之。自是之後、悉主張之。或云「『虞不臘』秦語、『庶長』秦官」、或云「左氏紀韓・魏・智伯之事、及趙襄子之謚」、此皆嫉夫子曰「丘亦耻之」而賢之、又欲廢傳而別立之說也。夫以曰「丘亦耻之」律之、「比於我老彭」而爲往人、則稱顏淵曰「爲之宰」、曰「我與汝不如」者、亦爲往人乎。如『虞不臘』、至秦始稱臘月也。則臘取臘祭之義、秦以前已有此字、已有此名矣。『庶長』春秋之末有此語、至秦漸爲官名也。左傳哀公以後文章大變、決非丘明之筆。後史官尊孔子者、續足經傳至「孔丘卒」者、較然矣。則當有趙襄子之謚也。又以敬仲之占、史蘇之繇、申生之託狐突等之事、謂之誣。此後儒所以不知先王之道也。已不知道、何知春秋、不知春秋、何知左氏。余詳辨之《禦侮》中、不贅于此。宋儒以窮理爲學、故廢六經。何也人人爲聖人、則春秋何爲。故崇信之、非其本心、而況左氏乎。況左氏非顏・曾乎。又以左文富艷爲無其實。夫左氏與詩・論語相頡頏、自是禮樂未亡時之文章、大非有孟・荀鄙野而戰國麁豪氣象之比也。宋儒總是禪者氣習、爲夷狄所化、奚知左氏之郁郁者乎。且自尊大而非議古人、不恭亦已甚矣。殊可笑者、以左氏爲楚倚相之後、曰「載楚事特詳也」。夫左氏之詳、豈特楚也邪。晉・齊・鄭・衞各因事詳記之。且倚相楚之左史也。曰左史倚相、則左史官、倚相姓名也。若曰世其官、故曰左氏傳乎。列國皆有左右史、豈獨楚有左史乎。晦菴極爲倚相之後、

黄氏爲得實、皆忌心之所爲也。項安世以爲魏人、不知何依據。

黄仲炎曰はく、先儒謂へらく、「左氏は丘明に非ず、丘明は乃ち孔子の前輩なり。故に孔子、『左丘明 之れを耻づ、丘も亦た之れを耻づ』〔《論語》公冶長篇〕と云ひ、丘明を先にして己れを後にするは、之れを尊べばなり。楚の左史倚相の 能く三墳・五典・八索・九丘を讀む〔《左傳》昭公12年〕は、蓋し今の《左氏傳》にして、即ち楚の左史なり。古者 史は其の官を世にすれば、則ち是の書を傳ふる者は、倚相の後なり。故に《左傳》は楚の事を載すること、他國に比して特に詳しと爲す」、とは是れ其の實を得たり。

折衷に曰はく、左氏は世魯に仕へ、左史に官となる。〔司馬〕遷・〔班〕固以來、即ち《論語》の左丘明を謂ふとは、是なり。凡そ漢儒には傳會多しと雖も、亦た相傳の說有れば、盡くは廢すべからざるなり。左氏の丘明爲ること、證驗無しと雖も、而も之れを要するに、七十子以後の人物には非ず。何となれば則ち凡そ《禮記》・《家語》・《孟子》等、聖人を去ること遠からずと雖も、其の中 道と背馳する者、多からずと爲さず。其の七十子の後に出で、禮樂 亡びたるを以て、唯だ議論にのみ是れ務め、己が意を以て傳鑿すればなり。惟だ《左氏》のみは則ち然らざるなり。事は皆な禮を以て之れを斷じ、絕えて戰國儒者の氣象無し。其の論ずる所 悉くは道に合はざるもの莫きも、宛然として《春秋》の人物なり。而して亦た道を學ぶ者に非ずんば道ふ能はざる者有るなり。さすれば則ち孔子の弟子爲ること疑ひ無し。乃ち漢儒の以て丘明と爲すは、恐くは是れ相傳の說ならん。蓋し左氏は魯の史官にして、孔子の弟子と爲る者、官を世にする以て左を姓とし、丘明は其の名なりしならん。

朱彝尊曰はく、「司馬遷は『左丘 明を失ひ、厥れ《國語》有り』と曰ひ、《風俗通》には『丘は姓、魯の左丘明の後』と曰ふ。然らば則ち左丘の複姓爲ること甚だ明らかなり。孔子《春秋》を作り、明 爲めに傳を作る。《春秋》は『獲麟』に止まり、傳は乃ち詳かに『孔子卒』を書す。孔子 旣に卒し、周人は諱を以て神に事へ、名 終はれば將に之れを諱まんとす。弟子爲る者、自ら當に師の名を諱むべし。此れ第『左氏傳』と稱して、『左丘』と書せざるなり」〔《經義考》卷一百六十九〕と。理有りと雖復も、馬遷・應劭は信ずべからず。且つ古人は文に臨みては諱まざれば、則ち其の義は非なり。

後儒 左氏は丘明に非ず、丘明も亦た孔子の弟子に非ずと謂ひ、「《論語》の『左丘明 之れを耻づ、丘も亦た之れを耻づ』は、夫子自ら比するに、皆な往人を引く。故に『竊かに我が老彭に比す』〔《論語》述而篇〕と曰へば、則ち丘明なる者は夫子以前の賢人なり」と曰ふ。唐の啖助・趙匡 之れを唱へ、宋の劉敞・朱熹 之れに和す。是れよりの後、悉く之れを主張す。

或いは「『虞は臘せず』〔僖公05年〕は秦の語、『庶長』〔襄公11年〕は秦の官なり」と云ひ、或いは「左氏 韓・魏・智伯の事、及び趙襄子の謚を紀す」と云ふは、此れ皆な夫子の「丘も亦た之れを耻づ」と曰ひて之れを賢とするを嫉み、又た傳を廢して別に之れが說を立てんと欲すればなり。夫れ「丘も亦た之れを耻づ」と曰ふを以て之れを律し、「我が老彭に比し」て往人と爲さば、則ち顏淵を稱して「之れが宰と爲る」〔《論語》公冶長篇。但し顏淵ではなく冉求〕と曰ひ、「我と汝と如かず」〔公冶長篇〕と曰ふは、亦た往人と爲せるか。「虞は臘せず」の如きは、秦始めて臘月と稱するなり。さすれば則ち臘は臘祭の義を取り、秦以前に已に此の字有り、已に此の名有るなり。『庶長』は春秋の末に此の語有りて、秦に至りて漸く官名と爲るなり。《左傳》は哀公以後の文章 大いに變はり、決して丘明の筆に非ず。後の史官の 孔子を尊ぶ者、經・傳を續足して「孔丘卒」に至る者、較(こと)然たり。さすれば則ち當に趙襄子の謚有るべきなり。

又た敬仲の占〔莊公22年〕、史蘇の繇〔僖公15年〕、申生の狐突に託する〔僖公10年〕の等を以て、之れを「誣」と謂ふ。此れ後儒の 先王の道を知らざる所以なり。已に道を知らざれば、何ぞ《春秋》を知らん、《春秋》を知らざれば、何ぞ《左氏》を知らん。余 詳かに之れを《禦侮》中に辨じたれば、此に贅せず。

宋儒は「窮理」を以て學と爲す、故に六經を廢す。何となれば人人聖人と爲れば、則ち《春秋》何を爲さん。故に之れを崇信するは、其の本心に非ず。而るを況んや左氏をや。況んや左氏の顏・曾に非ざるをや。

又た《左》文の富艶なるを以て其の實無しと爲す。夫れ《左氏》と《詩》・《論語》とは相頡頏(きっこう)〔拮抗〕し、自ら是れ禮樂の未だ亡びざるの時の文章にして、大いに孟・荀の鄙野にして戰國麁豪の氣象有るの比に非ざるなり。宋儒は總べて是れ禪者の氣習、夷狄の化する所と爲りたれば、奚ぞ《左氏》の郁郁たる者を知らんや。且つ自ら尊大にして古人を非議し、不恭なること亦た已甚(はなはだ)し。殊に笑ふべき者は、左氏を以て倚相の後と爲して、「楚事を載すること特に詳かなり」と曰ふことなり。夫れ《左氏》の詳しきは、豈に特(ただ)に楚のみならんや。晉・齊・鄭・衞 各おの事に因りて之れを詳記す。且つ倚相は楚の左史なり。「左史倚相」と曰へば、則ち左史は官、倚相は姓名なり。若(も)し「其の官を世(よよ)にす、故に《左氏傳》と曰ふ」と曰はんか。列國には皆な左右の史有れば、豈に獨り楚のみに左史有らんや。晦菴 極めて倚相の後と爲し、黄氏 實を得たりと爲すは、皆な忌心の爲す所なり。項安世の以て魏人と爲すは、何に依據するかを知らず。

又曰、公・穀亦莫明其所自來。或云「子夏門人」、要皆非親受經於聖人者。故於說經、首失其義、而其閒亦或有得者、穀梁氏耳。若其載事實、則左氏尚可考。故當據事以觀經、事或牴牾、難於盡從、則以經爲斷、上以伸仲尼之志。

折衷曰、公・穀者漢人之僞撰也。曰子夏傳來者、傅會之說也。以其不知古、而左氏不與漢時氣習合、搆成之說、以趨於時好。是以董仲舒諸大儒既尊信之、然本陋儒之說、而其所因者左氏也。故及左氏眞面目出、二家遂廢。後儒排公・穀、亦以其不與宋時氣習合也。猶今以春秋之世視宋說。故郝敬曰「公・穀襲左而加例、胡氏襲三傳而加鑿」、說非無所見也。後世覺穀梁之可者、亦後出而矯公羊之非也。

公・穀之經出於左氏、而嫌其同、閒以音通改字耳。蓋有證矣。僖公元年左氏經曰「齊師・宋師・曹伯次于聶北救邢」、「曹伯」公・穀竝作「曹師」、而穀梁以爲「曹伯」、此緣左氏作「曹伯」而知之也。

又左氏之傳止於定公、乃知孔子之經亦止於定公也。續左氏者、亦續經至「孔丘卒」、其義甚明也。公・穀不之知、自謂孔子之經、而無可書「孔丘卒」之事、故以意改之、終於「獲麟」、自時厥后、皆曰孔子感麟作春秋。夫感麟作春秋、則豈足爲孔子邪。又左氏經傳別行、公・穀直附經、則左經爲孔子之經無疑矣。六朝以來、兼取三傳之長、是大不然也。三傳各自以爲眞、則何兼他。然猶不廢古。啖・趙以後、始廢三傳、以己意作傳、而尚不能離三傳而爲解。而不知左氏莫尚焉悲哉。倘唯左氏而無公・穀、則雖後儒不得不專依左氏也。故紊春秋者、莫如公・穀焉。公・穀・胡之妄、余別有所論著、故本章内不多及也。

（黄仲炎）又た曰はく、《公》・《穀》も亦た其の自りて來たる所を明らかにするもの莫し。或いは「子夏の門人」と云ふも、要するに皆な親しく經を聖人より受くる者に非ず。故に經を說くに於いて、首より其の義を失ふも、而も其の閒に亦た或いは得る者有るは、《穀梁》氏のみ。其の事實を載するが若きは、則ち《左氏》尚ほ考ふべし。故に當に事に據りて以て經を觀、事或いは牴牾して、盡く從ふに難きものは、則ち經を以て斷を爲し、上 以て仲尼の志を伸ばすべし。

折衷に曰はく、《公》・《穀》は漢人の僞撰なり。子夏の傳へ來たりと曰ふは、傳會の說なり。其の 古を知らずして、《左氏》の 漢時の氣習と合はざるを以て、之れが說を構成し、以て時の好に趨くなり。是を以て董仲舒の諸大儒は既に尊びて之れを信ずるも、然れども陋儒の說に本づきて、其の因る所の者は《左氏》なり。故に《左氏》の眞面目の出づるに及びて、二家は遂に廢せらる。後儒の《公》・《穀》を排するも、亦た其の宋時の氣習と合はざるを以てなり。猶ほ今 春秋の世を以て宋說を視るがごとし。故に郝敬曰はく、「《公》・《穀》は《左》を襲ひて例を加へ、胡氏は三傳を襲ひて鑿を加ふ」（《談經》春秋）とは、說 見る所無きに非ざるなり。後世《穀梁》の可なるを覺ゆるは、亦た後出にして《公羊》の非を矯むればなり。

《公》・《穀》の經は《左氏》より出づるも、而も其の同じきを嫌ひ、閒音通を以て字を改むるのみ。蓋し證有り。僖公元年左氏經に「齊師・宋師・曹伯次于聶北、救邢」と曰ひ、「曹伯」を《公》・《穀》は竝びに「曹師」に作るも、而も《穀梁》は以て「曹伯」と爲すは、此れ《左氏》の「曹伯」に作るに緣りて之れを知るなり。

又た《左氏》の傳は定公に止まれば、乃ち孔子の經も亦た定公に止まるを知るなり。《左氏》を續くる者、亦た經を續けて「孔丘卒」に至ること、其の義甚だ明らかなり。《公》・《穀》は之れを知らず、自ら孔子の經と謂ふも、而も「孔丘卒」を書すべきの事無し、故に意を以て之れを改め、「獲麟」に終へ、時より厥の后、皆な「孔子 麟に感じて《春秋》を作る」と曰ふ。夫れ麟に感じて《春秋》を作るとならば、則ち豈に孔子と爲すに足らんや。又た《左氏》は經・傳 別行し、《公》・《穀》の傳は直に經に附すれば、則ち《左》經の 孔子の經爲ること疑ひ無し。六朝以來、兼ねて三傳の長を取るは、是れ大いに然らざるなり。三傳は各自に以て眞と爲せば、則ち何ぞ他を兼ねんや。然れども猶ほ古を廢せず。啖・趙以後、始めて三傳を廢し、己が意を以て傳を作るも、而も尚ほ三傳を離れて解を爲す能はず。而るに《左氏》の焉より尚きは莫きを知らざるは、悲しいかな。倘し唯だ《左氏》のみにして《公》・《穀》無くんば、則ち後儒と雖も專ら《左氏》に依らざるを得ざるなり。故に《春秋》を紊る者は、《公》・《穀》に如くは莫し。《公》・《穀》・《胡》の妄、余 別に論著する所有り、故に本章内には多くは及ばざるなり。

葉夢得曰、古有左氏・左丘氏。大史公稱「左丘失明、厥有國語」。今春秋傳作左氏、而國語爲左丘氏、則不得爲一家。文體亦自不同、其非一家書明甚。

折衷曰、左傳・國語文體之不同、自傳玄以下、歷代諸儒論之詳矣。今一覽判然、不但此也。凡國語所自裁之事、自是戰國以後之人情、而非春秋之世態、觀載管仲等之事可見也。五行非古也、故左氏無之、國語則言之。周易之占是漢法也、與左氏牴牾。此其不可掩者也。蓋敷衍左氏間、搆成事實、別爲國語者也。左傳是丘明作、故冒名亦爲丘明作。蓋後世左逸短長之流也。戰國・秦漢、此事極多矣。六經之緯候、春秋傳之公・穀、諸子之管・晏、道家之列子、不遑枚擧也。司馬遷下言「失明」、故省「明」字、只曰「左丘」、其實併姓名而言之、是文章之滑稽也。葉氏據之、以左傳爲左氏、國語爲左丘氏、亦不知國語者也。

葉夢得曰はく、古に左氏・左丘氏有り。大史公稱す、「左丘 明を失して、厥(そ)れ國語有り」と。今の《春秋傳》の作は左氏にして、《國語》は左丘氏爲れば、則ち一家と爲すを得ず。文體も亦た自ら同じからざれば、其の 一家の書に非ざること明甚なり。

[折衷]に曰はく、《左傳》・《國語》の文體の同じからざること、傳玄〈《左傳》哀公13年疏所引〉より以下、歴代の諸儒 之れを論ずること詳かなり。今一覽して判然たること、但だに此のみならざるなり。凡そ《國語》の自裁する所の事は、自ら是れ戰國以後の人情にして、春秋の世態に非ざること、管仲等の事を載するを觀れば見るべし。五行は古に非ざるなり、故に《左氏》に之れ無く、《國語》は則ち之れを言ふ。《周易》の占は、是れ漢法なれば、《左氏》と牴牾す。此れ其の掩ふべからざる者なり。蓋し《左氏》の閒を敷衍し、事實を搆成し、別に《國語》を爲る者なり。《左傳》は是れ丘明の作なり、故に名を冒して亦た丘明の作と爲すなり。蓋し後世の《左》の逸する《短長》〈《戰國策》〉の流なり。戰國・秦漢には、此の事極めて多し。六經の緯候、《春秋》傳の《公》・《穀》、諸子の《管》・《晏》、道家の《列子》、枚擧に遑(いとま)あらざるなり。司馬遷 下に「失明」と言ふ、故に「明」字を省き、只だ「左丘」と曰ふのみなるも、其の實 姓名を併せて之れを言ふは、是れ文章の滑稽なり。葉氏 之れに據り、《左傳》を以て《左氏》と爲し、《國語》をば左丘氏と爲すは、亦た《國語》を知らざる者なり。

薛應旂曰、余觀左丘明春秋内外傳、殆游・夏之流、非特諸子之倫也。故賈逵・王肅・虞翻咸高其人、治其章句。迨宋儒因唐韓子謂「左氏浮誇」、柳子又謂「其說多淫」、遂謂魯論所載丘明非傳春秋者。於是析一人而二之。至論其所謂「淫」、乃「石言於晉」、「神降於莘」之類、不知有常必有怪、亦陰陽之義也。且事有傳疑、春秋所許、以是爲「浮」「淫」、而并疑夫子之所稱過矣。鄭夾漈誌氏族、亦主其說、謂「傳春秋者、左姓丘明名、其在魯論者、則居於左丘、以地爲氏者也」。至考其誌、詳載氏族、終無左丘氏、不亦自相矛盾乎。及觀楚紀、何子元巡撫雲南時、有石言於滇、何禱於神、蟒飛石裂、滇人至今能言之、焉可誣也。往見余大史子華歴證左丘明卽傳春秋者、今山東通志可考見云。

宋祈曰、左氏與孔子同時、以魯史附春秋作傳。而公羊高・穀梁赤皆出子夏門人。三家言經、各有回舛。然猶悉本之聖人。其得與失蓋十五、義或謬誤、先儒畏聖人、不敢輒改也。啖助在唐、名治春秋、摭訕三家、不本所承、自用名學、憑私臆決、尊之曰「孔子意也」。趙・陸從而唱之、遂顯於時。嗚呼孔子沒乃數千年、助所推著、果其意乎。其未可必也。以未可必、而必之則固、持一己之固、而倡茲世則誣。誣與固、君子所不取、助果謂可乎。徒令後世穿鑿詭辨、詬前人捨成說、而自謂紛紛、助所階已。

葉適曰、公・穀末世口說流傳之學、空張虚義。自有左氏、始有本末、而簡書具存、大義有歸矣。故讀春秋者、不可舍左氏。二百五十餘年、明若畫一。舍而他求多見、其好異也。

朱彛尊曰、孔子作春秋、若無左氏爲之傳、則讀者何由究其事之本末。左氏之功不淺矣。匪獨詳其事也。文之簡要、尤不可及。卽如隱元年「春王正月」、傳云「元年春王周正月」、視經文止益一「周」字耳、而「王」爲周王、「春」爲周春、「正」爲周正、較然著明。後世「黜周王魯」之邪說、以夏冠「周」之單辭、改時改月之紛綸聚訟、得左氏片言、可以折之矣。

折衷曰、後世畧窺春秋大意者、猶有明錢㬌、著春秋志八巻〔《經義考》巻二百八では《春秋志禮》八巻〕、未見也。

薛應旂曰はく、余 左丘明の《春秋内外傳》を觀るに、殆んど游・夏の流にして、特に諸子の倫に非ざるなり。故に賈逵・王肅・虞翻は咸な其の人を高しとし、其の章句を治む。宋儒の 唐の韓子の「《左氏》は浮誇」と謂ひ、柳子の又た「其の説は多淫」と謂ふに因るに迨びて、遂に《魯論》〔《論語》〕所載の丘明は《春秋》を傳ふる者に非ずと謂ふ。是に於いて一人を析ちて之れを二とす。其の謂はゆる「淫」を論ずるに至りては、乃ち「石 晉に言ふ」〔昭公08年〕、「神 莘に降る」〔莊公32年〕の類は、常有りて必ず怪有ることも、亦た陰陽の義なるを知らざるなり。且つ事に疑はしきを傳ふること有るは、《春秋》の許す所、是れを以て「浮」「淫」と爲して、幷せて夫子の稱する所を疑ふは過てり。

鄭夾漈〔鄭樵〕氏族を誌すに、亦た其の説を主とし、「《春秋》を傳ふる者、左は姓、丘明は名、其の《魯論》に在る者は、則ち左丘に居り、地を以て氏と爲す者なり」と謂ふ。其の《誌》を考するに至りては、詳しく氏族を載するも、終に「左丘氏」無きは、亦た自ら相矛盾せざるや。《楚紀》の「何子元の雲南を巡撫せし時、石 滇〔雲南〕に言ふこと有りて、何〔子元〕神に禱るに、蟒〔大蛇〕飛んで、石 裂け、滇人 今に至るまで能く之れを言ふ」を觀るに及びては、焉んぞ誣ふべけんや。往に余 大史子華の「左丘明は卽ち《春秋》を傳ふる者」なるを歴證するを見るに、今の《山東通志》に考見すべしと云ふ。

宋祈曰はく、左氏は孔子と時を同じうし、魯史を以て《春秋》に附して傳を作る。而るに公羊高・穀梁赤は皆な子夏の門人より出づ。三家の經を言ふこと、各おの回舛〔くいちがい〕有り。然れども猶ほ悉く之れを聖人に本づく。其の得と失とは蓋し十に五、義 或いは謬誤するも、先儒 聖人を畏れ、敢へて輒くは改めざるなり。啖助 唐に在りて、《春秋》を治むるに名ありて、三家を摭訕〔あれこれそしる〕し、承くる所に本づかず、自ら用ひて學に名づけ、私に憑りて臆決し、之れを尊びて「孔子の意なり」と曰ふ。趙・陸 從ひて之れを唱へ、遂に時に顯れたり。嗚呼、孔子の沒してより乃ち數千年、助の推著する所、果たして其の意なるか。其れ未だ必すべからざるなり。未だ必すべからを以てして、而も之れを必するは則ち固、一己の固を持して、而も茲の世に倡ふるは則ち誣なり。誣と固とは、君子の取らざる所、助 果たして可と謂ふか。徒だ後世をして穿鑿詭辨しめ、前人を詬り成說を捨てしめ、自ら紛紛〔いりまじる〕と謂ふは、助の階〔發端〕する所なるのみ。

葉適曰はく、《公》・《穀》は末世の口說、流傳の學にして、空しく虚義を張る。《左氏》有りてより、始めて本末有りて、簡書 具に存し、大義に歸する有り。故に《春秋》を讀む者、《左氏》を舍つべからず。二百五十餘年、明らかなること一を畫くが若し。舍てて他に多見を求むるは、其の異を好むものなり。
朱彝尊曰はく、孔子《春秋》を作るも、若し左氏 之れが傳を爲ること無くんば、則ち讀者は何に由りて其の事の本末を究めん。左氏の功は淺からず。獨り其の事を詳かにするのみに匪ず、文の簡要なるは、尤も及ぶべからず。卽へば隱元年「春王正月」の傳に「元年春王周正月」と云ふが如き、經文に止だ一「周」字を益すのみなるを視れば、「王」は周王爲り、「春」は周の春爲り、「正」は周の正爲ること、較然として著明なり。後世の「黜周王魯」の邪說は、「夏」を以て「周」の單辭に冠し、改時改月の紛綸聚訟するも、左氏の片言を得て、以て之れを折るべし。

折衷に曰はく、後世の 畧ぼ《春秋》の大意を窺ふ者に、猶ほ明の錢㱿有りて、《春秋志》八卷〔《經義考》卷二百八では《春秋志禮》八卷〕を著すも、未だ見ざるなり。

李時成曰、世之談者云、「左氏艷而富、其失也誣」。意亦以敬仲之占、史蘇之繇、申生之託狐突、諸數事爲左證驗、而故入以誣獄邪。是大不然。蓋左紀事書也。事以紀文、情因事顯、事可見、情不可見。事可盡、情不可盡。可見可盡者書之、不可見不可盡者存之。存之者、俟後博雅君子、推類而識取之也。譬之相馬者。然辨毛色、別齒牙、卽使臧獲當之、罔有遺照、乃若求神氣于驪黃・牝牡外、則非九方皐未易能焉。甚哉識之難也。左之爲史也、其有所因乎。事因舊、而情則俟焉。其以誣書邪、特毋尤彼誣邪。彼方以誣尤彼、我又坐彼以誣、殆蕉鹿所爭、夢中說夢、而據堂判案、操兩造而持衡者、又一夢邪。嗟哉嗟哉、左負屈蓋千載矣。姑無他論、卽趙盾・許世子諸獄、仲尼修經、悉取裁焉、乃有恥巧言令色足恭者、而顧自爲此「誣」「艷」書哉。必不然矣。然則左蓋經敎也。以文章令申視彼者、毋乃卑卑乎。

凌稚隆曰、世稱左傳爲丘明所著。其說自班・馬・劉・杜諸家。及唐啖・趙二氏謂「丘明既與孔子同時、不應孔子沒已多年、猶得記趙襄子謚」。朱子謂「觀孔子『左丘明恥之、丘亦恥之』語意、其人當在孔子前、則左氏傳春秋者、非丘明、蓋有證矣。故說者以爲六國時人。蓋以所載『虞不臘』語、至秦始稱『臘月』也」、則「臘」取臘祭之義、秦以前已有此字、已有此名矣。又以爲「楚左史倚相後、故述楚事極詳」、不知事詳大國、小國之事易畧、史體宜爾。竊觀左氏文、豐潤華艷、自是春秋文體、絕無戰國麁豪氣習、迹其記事之詳、疑是史官信聖之篤、疑是孔門弟子。又考戴宏序所載、「公羊氏五世傳春秋」、因疑左氏當是世史、其末年傳文、亦疑是子孫續而成之者、以故通謂之左氏、而不著其名、理或當然也。蓋朱子曰「傳中無丘明字」、陳止齋曰「左氏別自是一人爲史官者」、又曰「自古豈止一丘明姓左」、意正如此。

又曰、按三傳所載、經文亦各乖異。事同字異、如「儀父盟蔑」「盟昧」之類、事字俱異、如「尹氏卒」「君氏卒」之類。馬端臨氏謂「公・穀直以其傳攙入正經、而左則經自經、傳自傳。至元凱始以左傳附經文後。據此當知三傳惟左氏經文足稱古經。若其所書「孔丘卒」、則絕筆後、弟子增入、非古經矣。

黃澤曰、左氏作傳、必是史官、又是世官。故末年傳文、當是其子孫所續。

王鏊曰、左氏疏春秋、載二百四十二年列國諸侯征伐・會盟・朝聘・宴饗・名卿大夫往來辭命則具焉。其文蓋爛然矣。於時若臧僖伯・哀伯・晏子・子產・叔向・叔孫豹之流、尤所謂能言而可法者。下是則疆埸之臣、有若展喜・呂飴甥・賓媚人・解揚・奮揚・蹶由。方伎之賤、有若史蘇・梓愼・裨竈・蔡墨・醫和・緩・祝鮀・師曠。夷裔之遠、有若郯子・支駒・季札・聲子・沈無戌・薳啓彊。閨門之懿、有若鄧曼・穆姜・定姜・僖負羈之妻・叔向之母、皆善言焉。於戯其猶有先王之風乎。其詞婉而暢、直而不肆、深而不晦、精而不假鑱削、或若剩焉而非贅也。若遺焉而非缺也。後之以文名家者、孰能遺之。是故遷得其奇、固得其雅、韓得其富、歐得其婉、而皆赫然名于後世、則左氏之於文可知也已。而世毎病其誣、蓋神怪・妖祥・夢卜・讖兆之類、誠有類於誣者、其亦沿舊史之失乎。雖然古今不相及、又安知其果盡無也。然余以哀公而後文頗不類、若非左氏之筆、豈後人續之邪、未可知也。

啖助曰、左氏傳自周・魯・晉・齊・宋・楚・鄭等之事最詳。晉則毎出一師、具列將佐、宋則毎因興廢、備擧六卿。

劉貺曰、左氏紀年、序諸侯列會、具擧其諡、知是後人追修、非當世正史也。

汪克寛曰、左傳所載諸國事、春秋不書者甚多。如「王殺周公黑肩」、「王子克奔燕」、「陳陀殺大子免」、「鄭弑昭公及子亹・子儀」、「衞成公殺叔武」、「曹公子負芻殺大子」之類、皆當時不告於魯、魯史不書於策、故春秋不得而書、非削之也。蓋左氏所據者、春秋之史、而夫子筆削魯國之史、宜其詳畧不同也。

李時成曰はく、世の談ずる者云ふ、「《左氏》は艶にして富、其の失や誣」〔范甯《穀梁傳集解》序〕と。意亦敬仲の占〔莊公22年〕、史蘇の繇〔僖公15年〕、申生の狐突に託する〔僖公10年〕、諸もろの數事を以て《左》の證驗と爲し、而して故に入るるに誣獄を以てするか。是れ大いに然らず。蓋し《左》は紀事の書なり。事は以て文に紀し、情は事に因りて顯はれ、事は見るべく、情は見るべからず。事は盡くすべく、情は盡くすべからず。見るべく盡くすべき者は之れを書し、見るべからず盡くすべからざる者は之れを存す。之れを存するは、後の博雅の君子の、類を推して之れを識取するを俟てばなり。之れを馬を相る〔鑑定する〕者に譬へん。然らば毛色を辨じ、齒牙を別かつこと、卽し臧獲をして之れに當たらしめば、遺照有ること罔きも、乃ち神氣を驪黃・牝牡の外に求むるが若きは、則ち九方皐〔馬のめきき〕に非ずんば未だ能くし易からず。甚しきかな之れを識ることの難きや。《左》の史爲るや、其れ因る所有らんか。事は舊に因りて、情は則ち俟つ。其れ誣書を以てするや、特に彼の誣を尤むること毋からん。彼は方に誣を以て彼を尤め、我は又た彼を坐するに誣を以てするは、殆んど蕉鹿を爭ふ所、夢中に夢を說くものにして、堂の判案に據り、兩造〔原告と被告〕を操りて衡を持つ者は、又た一夢なるか。嗟哉嗟哉、《左》は負ひ屈すること蓋し千載なり。姑くは他論無きも、趙盾・許世子の諸獄に卽きては、仲尼經を修めて、悉く取裁す。乃ち巧言・令色・足恭なる者を耻づること有りて、而も顧みて自ら此の「誣」「艶」の書を爲らんや。必ずや然らず。然らば則ち《左》は蓋し經敎なり。文章を以て彼を視る者を申ばしむるは、乃ち卑卑なること毋からんや。

凌稚隆曰はく、世に「《左傳》は丘明の著す所と爲る」と稱す。其の說は班・馬・劉・杜の諸家よりす。唐の啖・趙の二氏の、「丘明 旣に孔子と時を同じくすれば、應に孔子の沒して已に多年なるべからざるに、猶ほ趙襄子の諡を記すを得たり」と謂ふに及び、朱子は「孔子の『左丘明耻之、丘亦耻之』の語意を觀るに、其の人は當に孔子の前に在るべければ、則ち左氏の《春秋》を傳ふる者は、丘明に非ざること、蓋し證有り。故に說く者 以て六國の時の人と爲す。

蓋し載する所の『虞不臘』の語、秦に至りて始めて『臘月』と稱するを以てなり」と謂ふ。則ち「臘」は臘祭の義を取り、秦以前に已に此の字有り、已に此の名有るなり。又た以爲へらく、「楚は左史倚相の後、故に楚の事を述ぶること極めて詳し」とは、事は大國に詳しく、小國の事 擧ぐるを易んずるは、史體 宜しく爾るべきを知らざるなり。竊かに《左氏》の文を觀るに、豐潤華艷、自ら是れ春秋の文體、絕えて戰國麁豪の氣習無く、其の記事の詳を迹ぬるに、疑ふらくは是れ史官の聖を信ずることの篤きもの、疑ふらくは是れ孔門の弟子ならん。又た戴宏序の載する所の「公羊氏は五世《春秋》を傳ふ」を考へ、因りて左氏は當に是れ世史なるべきを疑ひ、其の末年の傳文も、亦た是れ子孫の續けて之れを成す者かと疑ひ、故を以て通じて之れを左氏と謂ひて、其の名を著さざるは、理或いは當に然るべきなり。蓋し朱子の「傳中に丘明の字無し」と曰ひ、陳止齋の「左氏は別自に是れ一人の史官と爲る者」と曰ひ、又た「古より豈に止だに一の丘明 姓は左のみならんや」と曰ふは、意 正に此の如きものならん。

又た曰はく、三傳の所載の經文を按ずるに、亦た各おの乖異す。事は同じきも字の異なる、「儀父盟蔑」「盟昧」〔隱公元年〕の類の如き、事・字 倶に異なる、「尹氏卒」「君氏卒」〔隱公03年〕の類の如きあり。馬端臨氏謂ふ、「《公》・《穀》は直だ其の傳を以て正經に攙入するも、而も《左》は則ち經は自ら經、傳は自ら傳なり。元凱に至りて始めて《左傳》を以て經文の後に附す」と。此に據らば當に三傳は惟だ《左氏》の經文のみ古經と稱するに足るを知るべし。其の書する所の「孔丘卒」〔哀公14年〕の若きは、則ち絕筆の後、弟子の增入せるにて、古經には非ざるなり。

黃澤曰はく、左氏 傳を作れば、必ずや是れ史官、又た是れ世官なり。故に末年の傳文は、當に是れ其の子孫の續くる所なるべし。

王鏊曰はく、《左氏》は《春秋》を疏し、二百四十二年の列國諸侯の征伐・會盟・朝聘・宴饗・名卿大夫の往來の辭命を載することは則ち具はる。其の文は蓋し爛然たり。時に於いて臧僖伯・哀伯・晏子・子產・叔向・叔孫豹の若きの流は、尤も謂はゆる「能く言ひて法るべき者」なり。是れより下は則ち疆埸の臣には、展喜・呂飴甥・賓媚人・解揚・奮揚・蹶由の若き有り。方伎の賤には、史蘇・梓愼・裨竈・蔡墨・醫和・緩・祝鮀・師曠の若き有り。夷裔の遠には、郯子・支駒・季札・聲子・沈無戌・薳啓疆の若き有り。閨門の懿には、鄧曼・穆姜・定姜・僖負羈の妻・叔向の母の若き有りて、皆な善く言ふものなり。於戲其れ猶ほ先王の風有るか。其の詞は婉にして暢、直にして肆ならず、深くして晦からず、精にして鑱削〔追加や削除〕を假らず、或いは剩るが若きも贅〔無駄なもの〕に非ざるなり。遺すが若きも缺けたるに非ず。後の 文を以て名家となる者、孰れか能く之れを遺さん。是の故に〔司馬〕遷は其の奇を得、〔班〕固は其の雅を得、韓〔愈〕は其の富を得、歐〔陽脩〕は其の婉を得て、皆な赫然として後世に名あれば、則ち《左氏》の文に於けるや知るべきのみ。而るに世每に其の誣を病むは、蓋し神怪・妖祥・夢卜・讖兆の類、誠に誣に類する者有れば、其れ亦た舊史の失に沿へるものか。然りと雖も古今は相及ばざれば、又た安んぞ其の果たして盡く無きを知らんや。然れども余は哀公より後の文の 頗る類せざるを以て、若し《左氏》の筆に非ずんば、豈いは後人之れを續くるものか、未だ知るべからざるなり。

啖助曰はく、《左氏傳》は自ら周・魯・晉・齊・宋・楚・鄭等の事は最も詳し。晉は則ち一師を出だす每に、具に將・佐を列し、宋は則ち興廢に因る每に、備さに六卿を擧ぐ。

劉貺曰はく、《左氏》は年を紀し、諸侯の列會を序し、具さに其の諡を擧ぐるは、是れ後人の追修にして、當世の正史に非ざるを知るなり。

汪克寛曰はく、《左傳》載する所の諸國の事、《春秋》に書せざる者は甚だ多し。「王殺周公黑肩、王子克奔燕〔桓公18年傳〕」、「陳佗殺大子免〔桓公05年傳〕」、「鄭弑昭公及子亹〔桓公17年傳〕」・子儀〔莊公14年傳〕」、「衞成公殺叔武〔僖公28年傳〕」、「曹公子負芻殺大子〔成公13年傳〕」の類の如きは、皆な當時 魯に告げず、魯史 策に書せず、故に《春秋》得て書せざるにて、之れを削るに非ざるなり。蓋し《左氏》據る所の者は、《春秋》の史にして、夫子 魯國の史を筆削すれば、宜しく其の詳畧は同じからざるべきなり。

隱公

啖助曰、幽・厲雖衰、雅未爲風、平王之初、人習餘化。及變風移、陵遲久矣。不格以大平之政、則比屋不可勝誅。故斷自平王之遷、而以隱公爲始。

折衷曰、自王國都及諸侯之邦、民閒風流之歌謠、謂之風。其在王朝、搢紳之閒、謂之雅。諸侯則雖朝廷不曰雅。王家文王以上亦然。時或言之南雅・豳雅是也。啖氏「雅未爲風」者、何言乎。是未知風雅之分也。其始於隱公、理窟之言、不足辨焉。

啖助曰はく、幽・厲は衰へたりと雖も、〈雅〉未だ〈風〉と爲らず、平王の初、人は餘化に習ふ。〈變風〉移るに及びて、陵遲すること久しくなりぬ。格すに大平の政を以てせずんば、則ち屋を比ぶるも勝げて誅すべからず。故に平王の遷より斷じ、而して隱公を以て始と爲す。〔范甯《春秋啖趙集傳纂例》卷一「春秋宗指義」。文章少異なる。〕

折衷に曰はく、王の國都より諸侯の邦に及ぶまで、民閒の風流の歌謠、之れを〈風〉と謂ふ。其の王朝の搢紳の閒に在りては、之れを〈雅〉と謂ふ。諸侯は則ち朝廷と雖も〈雅〉と曰はず。王家の文王以上も亦た然り。時に或いは之れを〈南雅〉・〈豳雅〉と言ふは是れなり。啖氏の「〈雅〉未だ〈風〉と爲らず」とは、何の言ぞや。是れ未だ〈風〉・〈雅〉の分を知らざるなり。其の隱公に始まるは、理窟の言なれば、辨ずるに足らず。

鄭樵曰、周家之興、歷年八百。夫子以前四百載東周之事、托之春秋。而隱公元年實爲後四百始年。此春秋所以不得不始隱也。
程頤曰、平王東遷、在位五十一年、卒不能復興先王之業、王道絕矣。孟子云「王者之迹熄而詩亡、詩亡然後春秋作」、適當隱公之初、故始於隱公。
趙汸曰、孔子作春秋、平王以前不復論者、以其時天子能統諸侯故也。始於平王者、所以救周室之衰微、而扶植綱常也。
折衷曰、仲尼在中閒、何以知周家八百、中分之而始於隱公乎。鄭樵說不足言也。趙汸氏人皆應信者也。然不如程說引孟子之得正焉。可見理斷之不可怙也。

鄭樵曰はく、周家の興るや、年八百を歷たり。夫子 前の四百載の東周の事を以て、之れを《春秋》に托す。而して隱公元年は實に後四百の始年爲り。此れ《春秋》の隱に始まらざるを得ざる所以なり。

程頤曰はく、平王の東遷するや、位に在ること五十一年、卒に先王の業を復興する能はず、王道絕えたり。孟子云ふ、「王者の迹熄みて《詩》亡び、《詩》亡びて然る後に《春秋》作る」とは、適に隱公の初に當たる、故に隱公に始まるなり。〔《河南程氏遺書經說》卷第四「春秋傳」〕

趙汸曰はく、孔子《春秋》を作り、平王以前をば復た論ぜざるは、其の時天子能く諸侯を統ぶるを以ての故なり。平王に始むるは、周室の衰微を救ひ、而して綱常を扶植する所以なり。〔《春秋師說》論春秋述作本旨〕

折衷に曰はく、仲尼中間に在りて、何を以て周家の八百、之れを中分して隱公に始まるを知らんや。鄭樵の說は言ふに足らざるなり。趙汸氏は人皆な應に信ずべき者なり。然れども程說に引ける孟子の正を得たるには如かざるなり。見るべし理斷の怙むべからざるを。

毛奇齡曰、春秋始魯隱公、竝無義例。或曰「以平王東遷、而王室卑也」。夫平王東遷在魯孝公二十七年、又一年而魯惠公立。是魯惠之立、正當平王遷洛之際、且在位四十六年、正與平王之五十一年相表裏。乃舍惠公不始、而反始於平王四十九年、垂盡之隱公、無是理也。若曰「春秋本據亂而作」、則亂不自隱始也。以爲「王室亂」邪、則戎狄弑王、當始孝公。以爲「本國亂」邪、則伯御弑君、當始懿公。以爲「列國亂」邪、則晉人連弑其君、當始惠公。乃舍懿・孝・惠三公不始、而始隱公何也。至於公羊、以隱公讓位爲賢、曰「春秋善善長、當從善始」。穀梁以隱成父之惡爲惡、曰「春秋惡惡之書、當從惡始」。則又誰得而定之。蓋春秋魯史也。或隱以前亡其書則不修、隱以後有其書則修之爾。若夫夫子作春秋之年、則司馬遷謂「孔子厄陳蔡時作」、在哀六年。左氏說謂「孔子自衞反魯、遂作春秋」、則在哀十一年。而公羊說則謂「孔子西狩獲麟、得端門之命、乃作春秋」、則又在哀十四年。總是揣摹之言、不足據者。若其云「受端門之命」、則見戴宏解疑論。此後世緯學、不足信。夫獲麟作書、本屬不幸、而反以爲夫子受命之符瑞、無稽之言、吾不取焉。

折衷曰、孔子之春秋、爲正天下之風俗而出焉、是仁也。而周家東遷爲鴻溝。故在平王以後、則始惠公亦可、始隱公亦可、始桓公亦可、豈有意於始之邪。後儒舍仁而言義、故或曰「傷王室之亂」、或曰「傷魯亂」、或曰「傷列國之亂」、或曰「賢隱」、或曰「惡隱」、皆不知春秋也。此則不足言也。毛氏謂「隱以前亡書、故不修、隱以後有書、故修之」。夫春秋魯國之史記也。謂「亡之」而可邪。若作春秋年、亦豈可知之邪。不知者蓋闕如焉。是聖訓也。後世種種設成義、豈聖人之心邪。

毛奇齡曰はく、《春秋》の魯の隱公に始まるは、竝びに義例無し。或いは曰はく、「平王東遷して、王室卑しきを以てなり」と。夫れ平王の東遷は魯の孝公二十七年に在り、又た一年にして魯の惠公立つ。是れ魯惠の立つは、正に平王遷洛の際に當たり、且つ在位四十六年は、正に平王の五十一年と相表裏す。乃に惠公を舍きて始めずして、反りて平王四十九年に始め、之れを隱公に盡くすに垂んとするは、是の理無きなり。若し「《春秋》は本と亂に據りて作る」と曰はば、則ち亂は隱より始まらざるなり。以て「王室亂る」と爲さんか、さすれば則ち戎狄王を弑すれば、當に孝公に始むべし。以て「本國亂る」と爲さんか、さすれば則ち伯御 君を弑すれば、當に懿公に始むべし。以て「列國亂る」と爲さんか、さすれば則ち晉人 連りに其の君を弑すれば、當に惠公に始むべし。乃に懿・孝・惠の三公を舍きて始めずして、隱公に始むるは何ぞや。《公羊》に至りては、隱公の讓位を以て賢と爲し、「《春秋》は善・長を善とすれば、當に善より始むべし」と曰ふ。《穀梁》は隱の 父の惡を成すを以て惡と爲し、「《春秋》は惡を惡むの書、當に惡より始むべし」と曰ふ。さすれば則ち又た誰か得て之れを定めん。蓋し《春秋》は魯史なれば、或いは隱以前は其の書を亡ひて則ち修めず、隱以後は其の書有りて則ち之れを修めしのみならん。夫の夫子の《春秋》を作るの年の若きは、則ち司馬遷の「孔子 陳・蔡に厄せられし時に作る」と謂ふは、哀六年に在り。《左氏》說の「孔子 衞より魯に反り、遂に《春秋》を作る」と謂ふは、則ち哀十一年に在り。而るに《公羊》說には則ち「孔子 西のかた狩して麟を獲へ、端門の命を得て、乃ち《春秋》を作る」と謂ふは、則ち又た哀十四年に在り。總て是れ揣摹〔億測〕の言なれば、據るに足らざる者なり。其の「端門の命を受く」と云ふが若きは、則ち戴宏の〈解疑論〉に見ゆ。此れ後世の緯學なれば、信ずるに足らず。夫れ麟を獲へて書を作るは、本と不幸に屬ずるに、而も反りて以て夫子受命の符瑞と爲すは、無稽の言、吾は取らざるなり。〔《春秋毛氏傳》總論〕

[折衷]に曰はく、孔子の《春秋》は、天下の風俗を正す爲めにして出づるにて、是れ仁なり。而して周家東遷して鴻溝〔大區分〕と爲る。故に平王以後に在りては、則ち惠公に始むるも亦た可、隱公に始むるも亦た可、桓公に始むるも亦た可、豈に之れを始むるに意有らんや。後儒は仁を舍てて義を言ふ、故に或いは「王室の亂るるを傷む」と曰ひ、或いは「魯の亂る傷む」と曰ひ、或いは「列國の亂るるを傷む」と曰ひ、或いは「隱を賢とす」と曰ひ、或いは「隱を惡む」と曰ふは、皆な《春秋》を知らざるなり。此れ則ち言ふに足らざるなり。毛氏、「隱以前は書を亡ふ、故に修めず、隱以後は書有り、故に之れを修む」と謂ふ。夫れ《春秋》は魯國の史記なり。之れを「亡ふ」と謂ひて可なるや。《春秋》を作る年の若きは、亦た豈に知るべけんや。知らざる者に蓋闕如たるは、是れ聖訓〔《論語》子路篇〕なり。後世 種種に義を設成するは、豈に聖人の心ならんや。

解題

野間文史

解題

ここに影印したのは、江戸時代中期の経学者平賀中南（享保七年一七二二―寛政四年一七九二）が、公卿廣幡家の支援により、安永四年（一七七五）に刊行した『春秋集箋』巻三十四・三十五の二冊である。もともと全七十三巻を逐次刊行する計画が有ったと思われるが、この二冊のみで途絶したのはまことに遺憾なことであった。卑見によれば、この書は日本人の手に成る『春秋左氏伝』全書に亘る注釈書としては、恐らく最初のものとなるはずであったからである。

ところで、なにゆえに巻一からではなくて巻三十四からその刊行を始めたのか。『春秋集箋』全七十三巻の構成は不明と言わねばならないが、しかし、中南がその終焉より十四ヶ月前、すなわち『春秋集箋』刊行より十五年の後の寛政三年に脱稿した畢生の大作『春秋稽古』全八十一巻の構成を見るとき、その疑問に答えることはほぼ可能である。なぜならこの『春秋稽古』は『春秋集箋』のいわば改訂版だからである。ただし『春秋稽古』もやはり刊行されることはなく、写本として伝わるのみであるが、不全本をも含めると、数部が現存しているのは幸いなことと言うべきであろう。

以下、本書の解題として、先ず平賀中南の略歴を述べ、ついで『春秋稽古』全八十一巻の構成を解説したうえで、本書『春秋集箋』巻三十四・三十五両冊の、その全書における位置を確認し、さらに『春秋集箋』から伺える中南「春秋学」の特色の一端を紹介しよう。

なお略歴については、澤井常四郎（一八七一―一九四九）著『經學者平賀晉民先生』（昭和五年一九三〇　私家版）に全面的に依拠している。ほぼ九十年前に出版された澤井氏の労作に感謝しなければならない。

一　平賀中南

平賀中南、名は晉民（初め晉人）また叔明、字は子亮また房父、中南はその号である。享保七年（一七二二）、安藝国豊田郡忠海（現在の広島県竹原市忠海町）の生まれ。後に忠海の北二里、山陽本街道にある本郷の土生家の養子となって、家督を相続する（後に娘婿に家督を譲り平賀に復姓）。土生家は大名往還の際には脇本陣となる大農家であった。中南は生来学問好きで、家業を営むかたわら、ほぼ独学で経書を読み、次第に学業が進んだ後、やがて本郷や三原で塾を開き、郷先生として近隣の敬意を集めていたようである。かの頼春水（一七四六―一八一七）が生地竹原から三原に赴き中南に学んだのは、宝暦八・九年（一七五八・九）、その十五・六歳の頃のことだという。

ここで中南自身が自己の学問について語る言葉を紹介しよう。彼が親炙の門人に対して教戒のために著したものを、門人の一人赤井子達が同志と諮って竊かに刊行した『学問捷径』（安永七年一七七八　長沢規矩也編『江戸時代支那学入門書解題集成第3集』汲古書院　一九七五所収。『日新堂學範』とも表記）中に見える一節である。（原文は片仮名表記で句読点を施さないが、ここでは平仮名に変えて句読点を打ち、送り仮名を追加したところがある。）

予僻邑に生じて學問師承なく、獨學なれば甚だ孤陋にして寡聞な

> り。されども諸家の説に於て我が一心を以て取捨すれば偏執の失なし。始め朱子の説を觀て略通じ、其の道を信仰す。後ち『論語徴』・『二辨』を看、古注に渉り仁齋に及ぶまで渉獵して各おの其の旨を得たり。予自ら思ふに諸家各おの臆を以て説を立つ。我も亦た試みに六經を考へ説を立て一家の學を成さんと思ひ、先づ三家を、六經に考へて其の非を以てこれを廢せんと欲し、始めに程・朱を考ふるに。伊・荻二家の非斥する所は百分の一にして、悉く道に合はず。仁齋は六經を廢すれば云ふに足らず。徂徠に至りては予が學力の足らぬ所か、才識の及ばぬ所か、章句の中には議すべきものあれども、道の大統、一一六經に吻合す。なをさまざま難を入れ見しかどついに克つこと能はず。ここに於て角を崩して心服し、物説を以て聖人の眞志としてこれを奉ず。

この中南の述懐に拠れば、彼が反程朱学、また反仁斎学の立場を明言したうえで、荻生徂徠（一六六六―一七二八）の学問の信奉者と自認していたことが分かる。

そして不惑の年齢に至り、宝暦十二年（一七六二）、徂徠学の継承者肥前蓮池（佐賀県）龍津寺の禅僧大潮元皓（一六七六―一七六八）から直接教えを受けるため、妻子を本郷に遺したまま西遊し、次いで大潮の勧めによって長崎に赴き、清人や通事等から唐音を習得することになる。その年齢を思うとき、中南の学習意欲の旺盛さと並々ならぬ決意のほどが伺えるであろう。そして二年間の西遊を経て明和元年（一七六四）に本郷に帰郷、翌明和二年、今度は東のかた大坂に出、さらに明和五年に京都に上り、安永元年（一七七二）には青蓮院文学となり、安永三年には大舎人となった。青蓮院文学時代には平賀図書、大舎人時代には土生若狭介と名乗っている。この間の詳しい事情については、澤井氏前掲書に於いてもあまり明確にし得ていない。既述の通り、本書『春秋集箋』は安永四年、『学問捷径』は安永七年の刊行であった。再びその『学問捷径』の一節である。

> 徂徠老爺の説頗る取捨すべきものあり、又足らぬ所あり。予辨正採擇の志あり。予不才にして四十の歳に至りて、始めて無學唐人となりたり。それまでは一向に文學のみをせり。既に無學唐人になりたれば、詩文學を廢して一向に經學に入る。物子六經に手を下すに暇あらず。六經明かならざれば道明かならず。故に先づ六經を治む。『春秋』既に成り、『詩』の註釋も亦成る。『易』は大綱已に立ち、『禮』粗論辯す。知らず何れの日か成就せん。年齢すでに傾き精神徐く疲る。其の上糊口の業に日を費す。恐くは辨正に暇あらざらんことを。

ここには徂徠の経学が六経にまで及んでいないことを不満とし、詩文作成を卒業して、経学に目を向け、それによって徂徠を乗り越えようとした中南の意欲が見て取れる。また六経に対する自己の見解の確立したことを伺わせるものでもある。ちなみにここに言う「無学唐人」とは、唐音を習得した人を意味する。中南は（少なくとも詩文に関しては）音読論者であった。

なお右の文章には『尚書』に関する記述は見えないが、『春秋稽古』中にはしばしば偽古文に言及しており、『尚書梅本辨説』なる著書が有ったとする伝承もあるので、その経学は六経全てに亘っていることが分かる。また未完ながら『論語合考』が八佾篇の途中までの写本として伝えられている。残念ながら中南の経書に関する著述のほとんどは刊行されてはおらず、現存しないものも少なくない。

そして天明初年（一七八一）に弟子の間大業（重富）の招きで大坂で開塾することになった。ところが天明八年（一七八五）、時の老中であった三河吉田藩第五代藩主松平信明（一七六三—一八一七）によって幕府に招聘されたのである。それは松平信明が天明五年刊の中南著『大学発蒙』・『日新堂学範』を読んだからだという。その紹介の労を取ったのは、中南の竹馬の友加川元厚（医師）であった。ちなみにこれに先んじて老中松平定信によって招聘されたのが朱子学者柴野栗山（一七三六—一八〇七）である。栗山はやがて昌平黌の教官となるが、中南の場合は、老齢、病気のために在東わずか一年で致仕して大坂に戻ることになる。寛政異学の禁の施行前夜の情勢も、或いは関係しているのかもしれない。

そしてその二年後に『春秋稽古』を脱稿し、その十四ヶ月後に没したことは既に述べたところである。中南死去の報を受けた松平信明はただちに「好古先生」の諡号を贈ったという。現在、大坂天王寺の統国寺にある墓表には「好古先生之墓」の六字を刻するのみである。嘗ての門人頼春水の筆に成る墓誌には、「無姓名年月日、是先生之遺命也云」と記されている。中南の人となりの一面を物語るかのようである。

二　『春秋集箋』と『春秋稽古』

中南が『春秋集箋』二巻の刊刻後、続刊が実現されない中にあっても、いわばその改訂版とでも言うべき『春秋稽古』作成に力を注ぎ、ついに全八十一巻を完成させたことは既述の通りであるが、本節ではその全書の構成を紹介することによって、これに先行して刊行された本書『春秋集箋』巻三十四・三十五の位置を確認してみよう。次頁の「春秋稽古構成表」をご覧いただきたい。

この表で全体を三段に表示したのには意味が有って、上段の巻一から巻三十四までが、『春秋左氏伝』のいわゆる「注釈書」に相当する部分である。これだけでもかなりの分量に達する大冊である。その注釈書としての内容や価値についての分析はしばらく措くこととして、注目すべきは、ここにも中南の「春秋観」の一端が示されていることであろう。すなわち巻一から巻四までが『春秋経』の、巻五から巻三十四までが『左氏伝』の、それぞれの注釈書だということである。つまり経と伝とを峻別したところに、中南の特色が有った。というのも、我々の周知する現行の『春秋左氏伝』は、

隠公元年[経]・[伝]
隠公二年[経]・[伝]
隠公三年[経]・[伝]
〜
哀公十六年[経]・[伝]

という形式であるが、これは実に晋の杜預『春秋経伝集解』に始まるものであり、杜預以前は経・伝が別行しており、

[経]　隠公元年・二年・三年 〜 哀公十六年
[伝]　隠公元年・二年・三年 〜 哀公十六年

という形式であったからである。したがって中南は『春秋』と『左氏伝』とを分別して「古」の形式に返したことになるであろう。

『春秋稽古』構成表

巻	篇	対象
巻一	經第一	隠・桓・荘公
巻二	經第二	閔・僖・文公
巻三	經第三	宣・成・襄公
巻四	經第四	昭・定・哀公
巻五	傳第一	隠公
巻六	傳第二	桓公
巻七	傳第三	荘公
巻八	傳第四	閔公
巻九	傳第五	僖公上
巻十	傳第六	僖公中
巻十一	傳第七	僖公下
巻十二	傳第八	文公上
巻十三	傳第九	文公下
巻十四	傳第十	宣公上
巻十五	傳第十一	宣公下
巻十六	傳第十二	成公上
巻十七	傳第十三	成公下
巻十八	傳第十四	襄公一
巻十九	傳第十五	襄公二
巻二十	傳第十六	襄公三
巻二十一	傳第十七	襄公四
巻二十二	傳第十八	襄公五
巻二十三	傳第十九	襄公六
巻二十四	傳第二十	昭公一
巻二十五	傳第二十一	昭公二
巻二十六	傳第二十二	昭公三
巻二十七	傳第二十三	昭公四
巻二十八	傳第二十四	昭公五
巻二十九	傳第二十五	昭公六
巻三十	傳第二十六	昭公七
巻三十一	傳第二十七	定公上
巻三十二	傳第二十八	定公下
巻三十三	傳第二十九	哀公上
巻三十四	傳第三十	哀公下
巻三十五	**折衷第一**	**經傳總論**
巻三十六	**折衷第二 經一**	**隠・桓・荘公**
巻三十七	折衷第三 經二	閔・僖・文公
巻三十八	折衷第四 經三	宣・成・襄公
巻三十九	折衷第五 經四	昭・定・哀公
巻四十	**折衷第六 傳一**	**隠公**
巻四十一	折衷第七 傳二	桓公
巻四十二	折衷第八 傳三	荘公
巻四十三	折衷第九 傳四	閔公
巻四十四	折衷第十 傳五	僖公上
巻四十五	折衷第十一 傳六	僖公中
巻四十六	折衷第十二 傳七	僖公下
巻四十七	折衷第十三 傳八	文公上
巻四十八	折衷第十四 傳九	文公下
巻四十九	折衷第十五 傳十	宣公上
巻五十	折衷第十六 傳十一	宣公下
巻五十一	折衷第十七 傳十二	成公上
巻五十二	折衷第十八 傳十三	成公下
巻五十三	折衷第十九 傳十四	襄公一
巻五十四	折衷第二十 傳十五	襄公二
巻五十五	折衷第二十一 傳十六	襄公三
巻五十六	折衷第二十二 傳十七	襄公四
巻五十七	折衷第二十三 傳十八	襄公五
巻五十八	折衷第二十四 傳十九	襄公六
巻五十九	折衷第二十五 傳二十	昭公一
巻六十	折衷第二十六 傳二十一	昭公二
巻六十一	折衷第二十七 傳二十二	昭公三
巻六十二	折衷第二十八 傳二十三	昭公四
巻六十三	折衷第二十九 傳二十四	昭公五
巻六十四	折衷第三十 傳二十五	昭公六
巻六十五	折衷第三十一 傳二十六	昭公七
巻六十六	折衷第三十二 傳二十七	定公上
巻六十七	折衷第三十三 傳二十八	定公下
巻六十八	折衷第三十四 傳二十九	哀公上
巻六十九	折衷第三十五 傳三十	哀公下
巻七十	禦侮第一	總・隠・桓・荘公
巻七十一	禦侮第二	閔・僖・文公
巻七十二	禦侮第三上	宣・成公
巻七十三	禦侮第三下	襄公
巻七十四	禦侮第四上	昭公
巻七十五	禦侮第四下	定・哀公
巻七十六	公穀胡斥妄第一	隠公
巻七十七	公穀胡斥妄第二	桓・荘公
巻七十八	公穀胡斥妄第三	閔・僖・文公
巻七十九	公穀胡斥妄第四	宣・成公
巻八十	公穀胡斥妄第五	襄・昭公
巻八十一	公穀胡斥妄第六	定・哀公

そして中段の巻三十五から巻六十九までが「折衷」である。これは中南が巻一から巻三十四までに作成した自身の『春秋』注と『左氏伝』注の、その注釈を施すに至った根拠を論述した部分である。注は簡要を旨とし、考証の詳細は「折衷」に譲るというのが中南の考えであったのであろう。その形式は、中南が目睹し得た歴代注釈家の説を前半部分に掲げ、その後に「折衷曰」として、上掲諸注釈家の説の一々に就き、批判すべきは批判し、評価すべきは評価したうえで、自己の見解を明らかにするというものであった。これを中南は「折衷」と名付けたのである。

なお当時に「折衷学派」と呼ばれる儒学の一派があったということであるが、中南書のキーワード「折衷」との関わりについて、筆者の理解は及んでいない。識者のご教示を願うところである。

さてこの「春秋稽古構成表」では、上段と中段とが対応するように表示したつもりである。たとえば巻一「経第一　隠公・桓公・荘公」が巻三十六「折衷第二経一　隠公・桓公・荘公」に対応し、巻五「伝第一　隠公」が巻四十「折衷第六伝一　隠公」に対応するというように、である。もとよりこれは中南の構想でもあった。

ただし巻三十五の「折衷」は「経伝総論」となっており、いわば中南の「春秋観」がまとめて記述されているという点で、極めて重要な巻ということができるであろう。

そして最後の下段の巻七十から巻七十五までが「禦侮」、巻七十六から巻八十一までが「公穀胡斥妄」である。「禦侮」とは、『左伝』僖公二十四年の条に、周の富辰が『詩』小雅・常棣の一節を引用した後、「扞禦侮者、莫如親親（侮を扞禦するは親親に如くは莫し）」と述べる言葉の中に見えるものである。そしてこの中南の「禦侮」とは、歴代の『左伝』に批判的であった学者の説を前半に掲げた後、中南がその「侮りを禦ぐ」目的でこれらを再批判し、『左伝』が六経に記述された「古を稽える」ための重要な文献であることを力説するものであった。明の郝敬『春秋非左』がその主たる反批判の対象である。ちなみにこの郝敬『春秋非左』二巻が皆川淇園（一七三五―一八〇七）の序を冠し、句読を附して翻刻されたのは、明和三年（一七六六）のことであった。

ついで「公穀胡斥妄」とは、文字通り『公羊伝』・『穀梁伝』・『胡氏伝』に対し、『左伝』学者としての立場からこれら三伝の「妄を斥けた」ものである。江戸時代の経学者の『公羊伝』・『穀梁伝』に対する評価はおおむね厳しいようであるが、両伝が漢代の著作であることを明言したのは、中南が最初の人物ではなかろうか。待考。

それはともかく、下段の巻七十から巻八十一までの「禦侮」・「斥妄」は『春秋左氏伝』の注釈ではなく、いわば『春秋稽古』の附篇と見なすべきものである。

以上、『春秋稽古』の構成とその内容を略述した。そこで本書『春秋集箋』両冊をこれらと対照してみるに、第一冊目の巻三十四が『春秋稽古』巻三十五にほぼ一致するのである。つまり『春秋集箋』の「経伝折衷首巻」が、『春秋稽古』では「折衷一　経伝総論」に相当するということになる。

これによって『春秋集箋』の刊行を巻三十四から始めた中南の意図がご了解いただけるものと思う。中南は「注釈」公表の前に、先ずは自己の「春秋観」を世に問うべきだと考えたのであろう。本書に於いて巻三十四の翻刻文・訓読文を附した所以でもある。

これに対して第二冊目巻三十五「経伝折衷第二」は、やや複雑である。ここには『春秋稽古』巻三十六の「折衷第二経一」の「隠公」部分と、『春秋稽古』巻四十「折衷第六伝一　隠公」に相当する部分とが合冊されている。つまり「隠公」部分の経・伝が一分冊に合わせられているのである（「春秋稽古構成表」中のゴチック表記を参照）。

したがって先ほど述べた経・伝を峻別するという中南の主旨が一貫されていないのである。もちろん「折衷」自体が経・伝それぞれの問題とすべき箇所を摘録して論じたものであるから、経・伝の文章が分断されることは無いが、中南にとっては、やはり不本意ではなかったろうか。短期間のうちの全書の刊行を危ぶんだ上での苦渋の処置であったのかもしれない。

なお『春秋集箋』の奥付に「春秋経伝集箋　全部七十三巻」とあるが、おそらく「経注」・「伝注」・「経折衷」・「伝折衷」までは『春秋稽古』の構成とほぼ一致していたであろう。そして残り部分が「禦侮」・「斥妄」に相当したことが推測されるのである。

以下、節を改めて『春秋集箋』巻三十四と巻三十五とについて、その概略を説明しよう。

三　『春秋集箋』巻三十四の構成

既述の通り『春秋集箋』巻三十四は「経伝折衷首巻」と題されたもので、『春秋稽古』では「経伝総論」がこれに相当し、中南の「春秋観」の大要が開陳されている巻である。その具体的な内容は翻刻文とその訓読文とに譲ることとして、その構成の概略は次頁の「春秋集箋巻三十四所引学者・著書」に示している。

ご覧の通り、大きく「春秋」「左伝」「隠公」の三部から成っていることが分かる。歴代の学者がそれぞれ『春秋』経並びに『左伝』について議論している文章を紹介し、これらを批判的に検討したうえで、自己の見解を「折衷曰」として述べる形式である。そして最後の「隠公」部分は、その注釈ではなく、『春秋』経が「隠公元年」に始まる所以についての諸家の議論とその「折衷」である。

戦国時代の孟子・荘子に始まり、漢の董仲舒・司馬遷を経て、宋・元・明時代の春秋学者や朱熹の見解等を紹介し、清朝の朱彝尊（一六二九―一七〇九）・毛奇齢（一六二三―一七一六）にまで及んでいる。日本人では僅かに荻生徂徠を引用するのみであるのは、日本に於ける『左伝』に関する著述が少なかったことによるであろうか。それにしても驚嘆すべき博覧と言うべきであろう。

ただこの博覧の評価には、いささか差し引かねばならない要素がある。それは、ここに引用された諸家の説のほとんどが、実はほかならぬ朱彝尊の『經義考』巻一百六十八「春秋一」より巻二百十「春秋四十三」に至るまでの所引のものだからである。つまり中南が直接原典に当たって抜粋したものではない。『經義考』経由であることを証する例も見出される。

ちなみに『經義考』三百巻が完刻されたのは、朱彝尊没後の乾隆二十年（一七五五）のことであったという。この大部な書物が日本に伝来したのは何時頃のことであり、果たしてどれだけの部数が輸入されたのか、はたまたその版本は初刊本であったのか、後の補修本であったのか等については、筆者は詳らかにし得ていない。ただ、中南が『春秋集箋』を構想した当時としては文字通りの新刊であり、しかもこの三百巻という大部な書物を見ることができ、さらに所引諸家の説を咀嚼理解したうえで、これらを評論できた日本人学者はそれほど多くはなかったであろう。やはり驚嘆すべきことではあるまいか。

『春秋集箋』巻三十四所引学者・著書

春秋

賈逵　後漢・春秋左氏傳解詁
賀道養　劉宋・春秋經傳集解序注
劉熙　後漢・釋名（以上は集解序疏所引）
杜預　晉・春秋經傳集解序
物茂卿　日本・徂徠集
折衷
孟子（四条）　離婁下篇・滕文公下篇
折衷
葉適（二条）　宋・水心文集？
折衷
莊子（二条）　齊物論篇・天下篇
折衷
董仲舒　前漢・史記太史公自序所引
折衷
司馬遷　前漢・史記孔子世家
折衷
春秋演孔圖　公羊傳疏所引
折衷
孝經鉤命決　公羊傳疏所引
折衷
程頤（二条）　宋・河南程氏遺書經說
折衷
李楠　宋・？
朱熹　宋・朱子語類

折衷
項安世　宋・家說？
劉克莊　宋・春秋攷
呂大圭　宋・春秋或問
折衷
黃仲炎（四条）　宋・春秋通說
折衷
王申子　元・春秋類傳
折衷
黃澤　元・春秋指要
折衷
呂大圭
折衷
顧炎武　清・日知錄・左傳杜解補正
折衷

左傳

物茂卿（二条）
折衷
杜預
折衷
朱熹（二条）
折衷
黃仲炎（二条）
葉夢得　宋・石林先生春秋傳

折衷
薛應旂　明・山東通志
宋祁　宋・筆記？
葉適
朱彝尊　清・經義考
折衷
李時成　明・？
凌稚隆（二条）　明・左傳評注測義
黃澤（二条）
王鏊　明・春秋詞命
啖助　唐・春秋啖趙集傳纂例
劉貺　唐・六經外傳
汪克寬　元・春秋胡經傳附錄纂疏

隱公

啖助
折衷
鄭樵　宋・春秋考？
程頤
趙汸　元・春秋左氏傳補注
折衷
毛奇齡　清・春秋毛氏傳
折衷

四　『春秋集箋』巻三十五の構成

次いで『春秋集箋』巻三十五、隠公元年の経・伝の「折衷」について概観しておきたい。この巻は個別具体的な『春秋』・『左伝』の解釈について論じたものであるから、その一々について取り上げることはできない。そこで以下、引用された諸家の氏名とその著作名を時代順に列挙するにとどめたい。

北宋　呂本中　春秋集解
　胡安國　春秋胡氏傳
　陳傅良　春秋後傳筌
南宋　朱熹
　林堯叟　音註全文春秋括例始末左傳句讀直解　**明暦三年翻刻**
元　朱申　評點春秋左傳綱目句解彙雋
　李廉　春秋諸傳會通（評林所引）
　趙汸　春秋左氏傳補注
明　張以寧　春王正月考
　湛若水　春秋正傳（評林所引）
　陸粲　左傳附註五巻後録一巻　**寛政十一年翻刻**
　傅遜　春秋左傳註解辨誤二巻補遺一巻　**延享三年翻刻**
　凌稚隆　左傳評注測義
　呉元滿
　櫟下老人（周亮工）
清　顧炎武　左傳杜解補正　那波與藏校訓点　**明和四年翻刻**
　日知録（十三經考義七巻として**天保八年翻刻**）
　林西仲（林雲銘）
　馮李驊　左繡　貫名海屋増加　**嘉永七年翻刻**
　劉繼莊（劉獻廷）　劉繼莊先生廣陽雜記
　乾隆帝　春王正月論

これまたやはり博捜と言うべきであろう。ただこの「折衷」は、これに対応する中南の「経」「伝」注が有ってこそ充分な意味を持つもので、それが無いのは、やはり不完全のものだと断ぜざるを得ない。「折衷」文中、たとえば、

愛共叔段欲立之。（八葉裏）
　杜預云、欲立以爲大子。
　折衷曰、………且古曰立者、唯君而已。無立大子之言也。故削之。
考仲子之宮、初獻六羽。（廿五葉表）
　杜預云、惠公以仲子手文娶之、………隱公成父之志、爲別立宮也。
　折衷曰、此臆度之見、故改之。
夫舞所以節八音、而行八風。（廿九葉表）
　折衷曰、………夫緯書傳會、豈可據乎。是誤學者不少也。但調陰陽和節氣、是樂之大用、故用之。

とある記述は、いずれも杜預注につき、「故削之」とは中南がこれを削除したこと、「故改之」とは改めたこと、また「故用之」とは緯書の説を採用したことを意味しているのであるが、中南がこれらの伝文に対していかなる「注」を施したのかが分からなければ、十全な理解は得られないであろう。その点からしても「経」「伝」の注が無いの

は惜しまれることである。中南の注釈については、我々は後の『春秋稽古』を見ることによって確認しなければならないのである。

ちなみに上記の我が国での翻刻本についての情報は、すべて上野賢知『日本左伝研究著述年表　並分類目録』（無窮會東洋文化研究所紀要第一輯　一九五七）に拠っている。上野賢知氏（一八八四―一九五九）は日本の『左伝』受容史研究の第一人者で、前掲書の他に『春秋左氏伝雑考』（無窮會東洋文化研究所紀要第二輯　一九五九）の著書が有るが、半世紀後の今日に於いても、この分野で上野氏の両書を越える研究書はまだ無い。日本漢学、とりわけ経学（それも四書ではなく五経）分野には未開拓の原野が残されているようである。両書を継ぐ研究者が出ることを切に望むところである。

さてその上野氏も、こと平賀中南に関しては、上掲『著述年表』に於いて、「年表」と「目録」とで、

一七七五　後桃園　安永四年　乙巳（清　高宗　乾隆四十年）
春秋集箋の内経伝折衷二冊　平賀晋民著　広幡家刊本
一七九一　光格　寛政三年　辛亥（清　高宗　乾隆五十六年）
春秋稽古八十一巻（巻九・十欠）四十九冊、写本、平賀中南（晋民）
　著、本年卒業の識語あり。

経伝折衷（春秋集箋の内）二冊平賀晋民著　安永四年、広幡家刊
春秋稽古八十一巻（巻九・十欠）四十九冊、写本、平賀中南著
　寛政三年成（上野図書館）

と記述するのみである。ただ後者『雑考』の後編「二、平賀晋民の春秋集箋　子月亦春と言ふべき事験を述ぶ」に於いて、中南の「元年春王正月」を論じる一文を取り上げているのは貴重である。かなり長文ではあるが、平賀中南の春秋学（経学に拡げても）の具体的な内容について言及する恐らく古今唯一のものだと思われるので、その全文を紹介したい。

平賀晋民の著に春秋集箋七十三巻がある。その中刊行されたのは巻三十四・三十五に当る「経伝折衷」僅かに二巻で、その他は写本で伝はつてゐるとのことである。その折衷第二に「元年春王正月」が論じてある。

先づ胡安国の「春秋は夏時を以て周月に冠する」の説と蔡沈の「春秋の正月は乃ち建寅の月である」といふ説とを挙げ、この二家の説を論破した人に陳櫟・黄沢・毛奇齢・趙汸・王守仁・唐順之・王世貞・凌稚隆・張以寧等あることを述べて、事験を以て、冬至（子月）の春と言ひ得べきことを証したる者なきを遺憾として次の如く述べてゐる。

凡ソ日ニ近ヅケバ則チ熱ク、日ニ遠ザカレバ則チ寒シ。冬至ハ太陽南行ノ極、冬至ヨリシテ日ハ稍ヽ北向シ、万物発生ス。凡ソ万物ノ発育スルハ陽気ヲ得レバナリ。余長崎ニ在リテ象胥氏ノ言ヲ聞ク。紅毛人ハ毎年九月二十日ヲ以テ長崎ヲ発ス。十月毎ニ赤道ノ下ニ在リテ行ク。此ノ時、舟中持チ帰ル所ノ諸鳥皆音ヲ発スト。極陰ニシテ然ル者ハ太陽ニ近ケレバナリ。然ラバ則チ冬至ニシテ春為ル明カナリ。暦家今ニ至ルモ冬至ヲ以テ暦元ト為ス。以テ見ル可キナリ。然リト雖モ人事ニ於テハ建寅ノ月ニ至ラザレバ則チ用ヲ済サザルナリ。何トナレバ則チ凡ソ陰陽ノ降ル、地中融合ノ後ニ非ザレバ則チ達セザレバナリ。夫レ二至ナル者ハ陰陽ノ極ナリ。暑ハ六・七月ニ至リテ極マリ、寒

ハ建丑・建寅ニ至リテ極マルハ以テ知ルベキノミ。漢儒ハ天統・地統・人統ノ説未ダ非トス可カラザルナリ。故ニ虞夏ハ建寅ヲ以テ春ト為シ、正月ト為ス。人事ニ便ナレバナリ。是ヲ以テ商周ハ正朔ヲ改ムト雖モ、而モ祭祀・田猟等凡ソノ人事ニ至リテハ則チ夏正ヲ用フルハ此ガタメナリ。（筆者注　春秋集箋巻三十五第三葉裏〜四葉表）

次に清の乾隆帝の春王正月論に

王者ノ行フ所ハ必ズ上ミ天ニ本ヅク。天ヲ承ケテ号令ヲ制セザレバ則チ法ナシ。故ニ春ヲ以テ王ノ首ニ居ク。諸侯ハ天王ヲ尊バザレバ則チ正ナシ。故ニ王ヲ以テ正月ノ首ニ居ク。政ナル者ハ正ナリ。政ハ始メヲ正スヨリ先キナルモノハ莫シ。故ニ正月ヲ以テ一歳ノ首ト為ス。（第四葉表〜裏）

と述ぶるを「理学者の言にして事情に切ならず。論ずるに足らざるなり」と非難してゐる。平賀晋民は俗儒ではない。又、康熙中に徐発と云ふ者が「天元歴理」を著して「秦の建亥を正月と為すを以て正となし、春秋の建子を正月と為すを後世の過と為す」を引きて、「僻説多くして拠るに足らず」と非難し、さて曰く、

蓋シ王ハ公ニ対スルノ辞、正月ハ元年ニ対スルノ言ナリ。元年ト言フ者ハ、列国ノ立ツルヲ得ル所ナリ。正月ナル者ハ諸侯ノ立ツルヲ得ル所ノ者ニ非ザルナリ。若シ王字無クバ則チ魯ノ正月ニ疑ハシ。故ニ伝之ヲ釈シテ周正月ト曰フ。乃チ春ノ如キハ天ノ時ナリ。当ニ年字ト連ルベシ。此ノ与カル所ニ非ズ。故ニ王ノ上ニ在リ。秦漢以後ハ天下一家ナリ。且ツ漢武年号ヲ剏メテヨリ、天下皆之ヲ称シ、耳目ノ習ヒ慣ルル所、意此ニ及バズ。故ニ杜預ハ伝ノ周字ヲ釈シテ夏殷ニ別ツト曰フ。後儒皆之ニ依ル。周既ニ王ヲ改ムレバ、下ニ在ルノ列国、何ニヲ嫌ヒテ王ト書シテ以テ夏殷ニ別タンヤ。（第五葉表〜裏）

と。是れ当に一家の見識であるけれども用語に精審でない所が二ケ所ある。

㈠　先づ「正月ハ諸侯ノ立ツルヲ得ル所ノ者ニ非ザルナリ」と言ひて、次ぎに「若シ王字無クバ則チ魯ノ正月ニ疑ハシ」と言ふは撞着である。王字無くとも、何時代かの王の正月でなければならない。直ちに諸侯魯の正月とは疑はれない。王字の有無に拘らず、夏正か、殷正か、周正かと疑はれるのである。そこで「王三月」に「周」の一字を加へて釈する必要があるのである。

㈡　晋民氏の文理は「王字ガ無クバ魯ノ正月ニ疑ハシ。故ニ伝釈シテ『周正月』ト曰フ。シカルニ杜預ハ周ト言ヒテ夏殷ニ別ツト釈スルハ誤ナリ」と読める。然し当時の諸侯晋の如きは夏正を用ひてゐる。自ら正朔を立てはしないが習慣として、周正でない夏正を使用してゐた。それだから王字を以て当時の諸侯に区別したのである。但だ王だけでは時王か夏王か殷王かと疑へば疑へる。そこで伝は「周」と釈したのである。即ち「王」と言って諸侯に別ち、「周」と言って夏殷に区別したと見るべきが妥当である。勿論、「成周」と言ひ、「周之諺」と言って、魯や晋や諸侯に区別することもあるけれども、崔述が「猶ホ詩ノ商頌ニ別ツテハ則チ周頌ト曰ヒ、十五国風ニ別ツテハ則チ王風ト曰フガゴトキナリ」と解したのに従ふべきである。

右の文中の傍線は筆者が施したものである。これに拠れば、上野氏は中南に対してかなり高い評価を与えていることが分かる。

このように、氏が『春秋集箋』巻三十五を見ていたことは確実であるが、しかし巻三十四に言及されていないのは、筆者にはいささか不審に思われる。なぜならここに記述された中南の春秋観には極めて独自な主張が多い、と筆者は考えるからである。

そこで次節では、『春秋集箋』巻三十四から伺える中南の春秋観について考察してみたい。

五　中南の春秋観

既述のように、『春秋集箋』巻三十四は「経伝折衷首巻」と題され、これが『春秋稽古』巻三十五の「経伝総論」に相当している。ただ、その内容は極めて多岐詳細に渉っているので、本節では中南の特徴的な春秋観の要点を述べるにとどまることをお断りしておきたい。

さて本巻冒頭に於いて、中南は「春秋」の名義に関する諸家の説を検討することから始めている。後漢の賈逵・劉熙、劉宋の賀道養、そして杜預（『春秋経伝集解』序）の説を提示した後、併せて我が荻生徂徠の説を紹介する。そしてこれらを踏まえたうえで、「折衷」に於いて自説を開陳するのである。

先ず「賈・劉等は自ら是れ漢儒の言にして、古に非ず」として退ける。実はこの短い発言の中にも中南の基本的立場が示されていることに、注目しておきたい。いったい清朝考証学は「漢学」への復帰を提唱することから始まるとも言えようが、中南はその漢を越えて「古」を「稽」える。而してその「古」とは、さらに戦国時代をも越えて三代以前に遡るのである。したがって後述するように、孟子もまた越えるべき対象となることは言うまでもない。

一方我が荻生徂徠の説はかなり独特なものである。徂徠によれば『春秋』が「朝聘」の別名であることを主張し、『荘子』漁父篇の「貢職不美、春秋後倫（貢職の美ならざること、春・秋に倫に後るること）」という記述と、『左伝』僖公十二年に見える管仲が周に朝観した際に述べた「節春秋（春・秋を節とす）」という言葉を、その根拠として挙げているのである。そしてこの徂徠の主張をより明確に説明したのが、太宰春台『六経略説』（一七四五）に見える次の文章であろう。

春秋ハ國家ノ記録ノ名ナリ。國家ノ事ハ、朝聘ヨリ大ナルハ莫シ。……朝聘ハ國家ノ大禮ナリ。朝ハ朝観ナリ。今イフ參観ナリ。……諸侯ノ朝観スルヲ、節春秋（春秋ヲ節フ）トイフ。古ノ詞ナリ。朝聘ハ時節一同ナラザレドモ、四時ノ中ニテ、春秋ヲ時トシテ朝観聘問スルトイフ義ニテ、節春秋トイフナリ。

春台がまさしく徂徠説を継承していることが分かる。しかし中南は、杜預の「年に四時有り、故に錯挙して以て記する所の名と為す」説を妥当と見なし、「杜氏の錯挙の解、実に古樸にして易ふべからざるなり」と述べてこれを支持するのに対し、徂徠説を「史 豈に但に朝聘のみならんや。物氏の説は非なり。管仲の春秋を節とすることも、亦た錯挙の称なり」として退けるのである。

徂徠は幕府の参勤交代制度を念頭に置いたうえで、国家の大事を記録する『春秋』を、春・秋に実施する「朝聘」制度で代表させたのである。しかしながら筆者思うに、これは迂遠ないし一面的な見方ではなかろうか。十五年後の『春秋稽古』で中南が、やや文章を改め、「史 豈に但に朝聘のみならんや。物氏の説は非なり。管仲の言を以て之れを証するは、牽強甚し」と述べるのは、首肯できる批評である。

『学問捷径』に、

　予が徂徠を主とするは世間聲に吠ゆる徒の類にあらず。今これを云ふものは、予吟味の上にて徂徠を主とする故、門生達も徂徠を主とせられよと云ふにはあらず。

と述べるように、私淑する徂徠の説といえども、あくまでも吟味したうえで取捨選択するのであって、そのことを中南は「折衷」と名付けたのである。

○

　さてそれでは『春秋』とはいかなる文献であるのか。中南曰わく、そもそも『春秋』とは魯の史記（歴史書）の名称である。周代には王朝のみならず、諸侯の国々にも史記は有った。しかし魯の史記『春秋』はこれらとは決定的に異なる。なぜなら魯の史記とは、周王朝の禮楽制度を制作した周公が、後世の人々の行為につき、善行を褒め悪行を貶するという勧善懲悪の史記の書法を修立し、それを伯禽に伝授して魯に伝えたものだからである。

　つまり『春秋』は魯国の史記であり、そこには周公の大経・大法が込められている。そして孔子がこれを表章した結果、世に行われるようになった。孔子は『春秋』を当時の天下に及ぼすことによって、勧善懲悪の基準が禮義に在ることを示そうとしたのである。したがって孔子は決して『春秋』を著作してはいない。「述べて作らざる」ことが孔子の信条であった。

　しからば『左氏伝』とは何か。その作者は左丘明、彼は周公の大経・大法に通じた魯国の史官であり、かつ孔子の弟子でもあった。孔子が表章しようとした『春秋』が世に出たとしても、後にはそれが何物なるかが不明になることを恐れ、諸国の史記を収集し、それらを事実に照らし合わせて検証し、さらに凡例及び「書曰」・「故曰」等の言葉を附注して書法を明示したものを、『春秋左氏伝』と名付けたのである。

　是に於いて周公の大經大法は燦然として明らかに、仲尼の勸善懲惡、人をして禮義に止まらしめんとするの意、赫然として彰らかなり。後世の禮無きの時、周・孔の義に資る者、左氏 實に之れを爲すなり。其の功 萬世之れに頼ると謂ふべく、豈に尊崇せざるべけんや。

以上が中南の、周公・『春秋』・孔子・左丘明・『左伝』に対する基本的見方である。

　さて、「孔子は春秋を作らず」というこの中南の春秋観に我々は一驚するであろう。なぜなら我々にとっては、「世衰へ道微にして、邪説暴行作る有り。臣にして其の君を弑する者之れ有り。子にして其の父を弑する者之れ有り。孔子懼れて春秋を作る」とか、また「孔子、春秋を成して、乱臣・賊子懼る」という孟子の言葉を出発点として、いわゆる「春秋学」が始まるというのがこれまでの通説、というより常識であったからである。

　しかし中南によれば、孟子は「道」が滅んでしまった戦国の世に於いて、王道を唱えるために、自らを孔子に擬える意図も有って、やむを得ない方便として『春秋』についてかかる矯誣の言をなしたのである。孟子自身はその誣を知ってはいたが、後人はこれを孟子の定論と見なしてしまった。そのことは孟子の真意を理解できなかった後人の罪ではなく、やはり孟子の罪と言わねばならない。

　故に今の『春秋』は周公の大經大法にして、世史の記する所なり。

孔子は一辭も贊する能はず。其の「孔子の作」と曰ふは、孟子の託言、「夫子の筆削」と曰ふは、史遷の妄なり。

以上の中南の春秋観からすれば、「孔子作春秋」を前提とする多くの議論はすべて批判の対象とならざるを得ないであろう。「道を乱る者は孟子を始め」とすると見なし、以下、とりわけ程頤（伊川）・胡安国に代表される宋代の春秋学者に対する中南の批判の言葉は厳しい。

己れの能はずして古人を責むるを以て事と爲すは、是れ聖人の罪人なり。余の 口を極めて宋儒を罵るは是れが爲めなり。罪を世の君子に獲らんも、敢へて辭せざるなり。

ただ、罵倒の対象でしかないかに見える諸家の説であっても、その中に評価すべきものが有ればこれを評価するというのが、中南の「折衷」の基本姿勢であった。

・「孔子《春秋》を筆削する能はざる」を論ずることは甚だ確かなり。千載の惑ひを釋するに足る、故に之れを録す。（元・黄澤に対して。）

・但だ呂氏の 「夫子《春秋》を作りて天子の賞罰を行ふ」を非斥すること甚だ確實なり、故に之れを録す。（宋・呂大圭に対して。）

なお「孔子作春秋」が孟子の捏造だとする中南説に対する当時の学者の評価については、「附論 中南の孟子批判への反響」を参照されたい。

○

周知のように現行の『春秋』は隠公元年に始まり、『公羊伝』・『穀梁伝』は哀公十四年「春、西狩獲麟」、『左氏伝』は哀公十六年「夏、四月己丑、孔丘卒」に終わるのに対し、伝文の方は『公羊伝』・『穀梁伝』ともに経文と同様哀公十四年に終わり、『左氏伝』は哀公二十七年まで続いている。この経・伝の始まりと終わりについて、これまでにさまざまな議論がなされてきた。

このことについての中南の考えも、やはり独特である。先ず隠公元年に始まることについては、清儒毛奇年齢『春秋毛氏伝』の説を引用し、これに疑問を呈したうえで、

『春秋』を作る年の若（ごと）きは、亦た豈に知るべけんや。知らざる者に蓋闕如たるは、是れ聖訓（《論語》子路篇）なり。後世 種種に義を設成するは、豈に聖人の心ならんや。

と述べる。すなわち分からないことは分からないままにしておくのが聖人孔子の教えだと考えるのである。この「蓋闕如」という態度は、実はここだけではなく、中南の経・伝の注にもしばしば見えるものである。このような注釈態度は、後の考証学者のそれとは大いに異なるもののように思えるが、あるいは当時にあっても特異なものであったのだろうか。江戸漢学には不案内な筆者としては、識者のご教示を切に願うところである。

次いで注目すべきは、孔子の伝えた『春秋』、そして『左伝』が、ともに「定公」を以て終了しているとする中南の春秋観である。

・今按ずるに、『左氏』の哀公以下の文章は大いに異なり、決して丘明の筆に非ず。古人にも亦た定論有り。此れに由りて之れを觀れば、則ち孔子の經も亦た定公に止まるなり。蓋し哀公の 世に

當たるを以て之れを避くるは、理の當に然るべきことなり。後の史官は孔子を尊ぶを以て、經・傳を補ひて「孔丘卒」に至るなり。而して其の「孔丘卒」は魯史の正文に非ず、史官の之れを加ふるものなり。其の旨は甚だ較著なれば、則ち「獲麟」は孔子の書に非ざるなり。緯書・『公』・『穀』は之れを知らず、妄りに「麟に感じて『春秋』を作る」の説を爲すなり。秦漢の傳鑿、往往にして斯の如ければ、異とするに足らざるなり。

・『左伝』は哀公以後の文章 大いに變はり、決して丘明の筆に非ず。後の史官の 孔子を尊ぶ者、經・傳を續足して「孔丘卒」に至る者（こと）、較然たり。

・『左氏』の傳は定公に止まれば、乃ち孔子の經も亦た定公に止まるを知るなり。『左氏』を續くる者、亦た經を續けて「孔丘卒」に至ること、其の義甚だ明らかなり。『公』・『穀』は之れを知らず、自ら孔子の經と謂ふも、而も「孔丘卒」を書すべきの事無し、故に意を以て之れを改め、「獲麟」に終へ、時（これ）より厥（そ）の后（のち）、皆な「孔子 麟に感じて『春秋』を作る」と曰ふ。

さて現在の研究者の立場からすれば、哀公以後の文章がどのような点でそれ以前のものと異なるのか、是非ともその具体例を示してもらいたいところであるが、残念ながら中南はこれ以上のことは述べていないのである。

ただ「古人にも亦た定論有り」というその古人については、その一例として、明の王鏊『春秋詞命』の指摘が紹介されている。

然れども余は哀公より後の文の 頗る類せざるを以て、若し《左氏》の筆に非ずんば、豈（あ）るいは後人之れを續くるものなるか、未だ知るべからざるなり。

さて筆者不明にして、王鏊の存在を中南所引によって始めて知ったのであるが、この「『春秋』・『左伝』が定公に止まる」という説を、中南は己の独創として誇ることはしないで、さりげなく王鏊説を紹介しているのである。この例に見られるように、一見すると中南独自のものかと思える説も、その発想の切っ掛けとなった先人の説を隠すことなく紹介するというのが中南の姿勢であった。それが「折衷」であった。

その点からすると、我が国『左伝』注釈書の白眉と称される竹添井々『左氏会箋』とは対照的である。なぜなら『左氏会箋』は、その説の多くを先人の業績に負っているにもかかわらず、それを明記していないからである。上野賢知『左氏会箋遡源』（未刊）は『会箋』が依拠した典拠を逐一追求したものである。

それはさておき、『春秋』・『左伝』が定公を以て終了するというこの特異な春秋観の是非については、改めて検討が必要となるが、これによって中南は、『左伝』に対して古来問題とされてきた哀公以後の伝文に対するさまざまな疑義や非難に応えることができたと言うべきであろう。

故に道を知らずんば、則ち『左氏』を知る能はず。『左氏』を知らずんば、則ち『春秋』を知る能はず。且つ『春秋』の時の、人情世態、名物度数は、『左氏』に歴歴たれば、聖人の世を窺ふに足る。故に『左氏』を知らずんば、則ち先王の道を知るも亦た難し。故に『春秋』に通ずること、『左氏』に餘蘊無きなり。

中南にとって『春秋左氏伝』は先王の道の行われた時代を窺うための唯一の文献であったのである。

○

まだまだ指摘すべき問題は多く残っている。たとえば中南の「君臣観」や「有神論的発言」等がそれであるが、上述を以てこの「解題」を終えることとしたい。中南「春秋学」の全容は、『春秋稽古』全八十一巻の分析を待って始めて明らかになるであろう。今後の筆者に残された大きな課題である。また中南のその他の著書から伺えるその経学の全容、また詩文についての評価等については、新進の研究者の登場を切に冀うところである。

附論　中南の孟子批判への反響

老中松平定信の家臣である水野為長著『よしの冊子』中に、中南が老中松平信明に招聘された事情を中心とした「平賀惣右衛門」に関連する記述が数条あり、澤井氏『經學者平賀晉民先生』の言及していない情報も見られて、まことに貴重である。これについては一篇の論文を用意する必要があるかと愚考するが、ここでは、『春秋集箋』についての興味深い一文のみを紹介し、後に私見を附言しておきたい。第六節「天明八年十月十六日より」の一条である。

一　平賀『春秋集箋』と申候物を拵へ、右之内に孟子ハ手前ノ説をウリ付タガル故に、手前の言事を孔子の説だと僞り、諸方をときあるきしと、孟子をあしく申候由。其上董仲舒などをもそしり申候よし。只今迄孟子の事を彼是と誹謗申候ものハ多く御座候へ共、孟子の説を用ひらるべきがため、孔子の申されぬ事を孔子と僞しと申候説ハ甚敷事也と、人々あしく申候由。彦助（筆者注：柴野栗山）も承り、是ハ甚不届ナ事也。刑罪に行てもよい人だと申候よし。世上にても右『春秋集箋』の事をバ彼是と申候事聞え候や、右の板をバ此節割申候由。夫ゆへ『春秋』の末書計を板に致し、『春秋解古』と名付申候由。右之趣ニ候へバ程子朱子の書ハ見間敷と申候さた御座候由。文章坏も経義の説をバ用不申候由。尤徂徠をバ至て信仰のよし。（『随筆百花苑』第八巻　中央公論社一九八〇所収。なお書名には『』を附した。）

これによれば、当時の学者（即ち朱子学者）が、「孔子作春秋」を以て孟子の捏造だとする中南の説を全く受け容れず、強く反発している様子が見て取れるであろう。「五経」の他に「四書」という新たな経書のセットを編成し、孟子を高く評価する朱子学陣営にとって、孟子の「革命説」の扱いはともかくとして、この中南説が容認できない問題であったことは容易に想像がつくことではある。もとより中南はそのことを充分に承知していたと思われる。松平信明に中南を紹介したのは竹馬の友加川元厚であったが、その際の加川との往復書簡の中に、

僕才人に及ばず。學亦成らず。京師にあること二十年。人に知られず。獨り備陽湯子祥（湯淺常山）のみ、僕の「春秋説」を見。謬つて稱譽を爲し。人をして交通せんと欲するの意を傳へしむ。僕喜びに堪へず。即ち将に書を致し好を結ばんとす。子祥適ま死せり。是に於て命の薄きを知り。知己の望を天下に絶てり。獨り自ら沾々（せんせん）たり。（『經學者平賀晉民先生』八七頁）

という一節がある。自己の「春秋説」の理解者が少ないことは、中南にとっては先刻折り込み済みのことであった。それゆえにこそ湯浅常山（一七〇八―一七八一）の称賛は貴重であった。そしてその知己を失った後の幕府の招請である。老齢をおしての江戸下りも理解できるところであろう。そういう点からすると、『春秋集箋』の版木を割ったというのは事実ではないかもしれない、とも推測されるのである。

ところで筆者が、孟子の『春秋』に言及する文章に対する中南「折衷」を読んだ際、最初に思い浮かんだのが渡邊卓「春秋著作説話の原形」（『叙説』五　一九五〇　後に『古代中國思想の研究』創文社　一九七三所収）という論文であった。この渡邊氏の論文は、戦後の日本に於ける春秋学研究史上、画期的なものであったと愚考する。私事で恐縮ではあるが、筆者はこの論文の呪縛から逃れるには多大の時間を要したものである。そして現在では、本論文の結論そのものには賛同していないが、渡邊氏の『孟子』書の読みの深さに対する敬意は失ってはいない。

すなわち公都子章（滕文公下篇）「孔子懼作春秋」につき、渡邊氏は、公都子章全体の構想と用字例・『孟子』書全体との関連に於いて解釈すべきであるとし、この章の構想は、

1　好弁という非難に対する孟子の弁明が主体である。
2　孟子には孔子の方法に倣う「孔子きどり」がある。

と分析し、

> 孟子に於て孔子は「詩」や「春秋」の講説者として描かれるが、後世の儒家は、經典のすべてが孔子の著作または註釋だ、と主張する。かくのごとき粗放にして大膽なる理想化に比較すると、孟子のそれは、たとい彼の思想と生活とに胚胎するにせよ、孔子と經典を單に講説を媒體として結びつけたところに、非常に遠慮がちのところが有る。そうしてそれゆえに、われわれは特に「春秋」が文獻として形成されること日淺く、恐らく孟子以前には、いまだ孔子にゆかりあるがごとく説かれていなかったものであろう、という示唆をさえ受ける。

と述べている。遙か一百七十五年前の中南説に呼応するものが有るかのようである。否、知己はもっと近い時代にいたのかもしれない。

それは中南にやや後れる徂徠学派の経学者、筑前の亀井南冥（一七四三―一八一四）・昭陽（一七七三―一八三六）父子である。両者ともに南冥『左伝考義』・昭陽『左伝纉考』という『左伝』の注釈書を著作している。遺憾ながら筆者は未だ亀井父子の春秋学研究には及んでいないが、昭陽の『左伝』・『孟子』に対する評価には、中南説に通じるものが有るかに見えて、甚だ興味深い。昭陽の『左伝纉考』巻一總論と『家学小言』第二十六章である。

> 『春秋』一書は、大體を明らかにするのみ。『左氏』の傳ふる所に、以て焉（これ）を見るべし。『公』・『穀』には小辯多し。宋儒に至りては、「亂を撥（をさ）めて正しきに反（かへ）す」を以て口實と爲し、字別に句別に、臆説を附會して、聖人の經綸する所、天下の大經は、遂に齷齪たる儒説と爲る。此れ皆な孟子を以て『春秋』を治むるの過（あやま）ちなり。唯だ『左氏』の人を論じ事を論ずることのみ、符を『論語』に合して、絶えて孟子に似ざるは、孔門の遺典爲る所以なり。
> （春秋一書、明大體而已。左氏所傳、可以見焉。公・穀多小辯。至宋儒、以

撥亂反正爲口實、字別句別、附會臆説、而聖人所經綸、天下之大經、遂爲齷齪儒説。此皆以孟子治春秋之過也。唯左氏之論人論事、合符論語、而絶不似孟子、所以爲孔門遺典也。）

『春秋』の義は、『左傳』のみ孔門と合したれば、他に求むべからず。『公』・『穀』の如きは、儒家者流の言なり。『胡傳』の如きは、無稽の臆説なり。『春秋』豈に程頤の餘論を以て私を立つべけんや。宜しく之れを孔門に稽へ、以て『左傳』の古義爲るを知るべし。孟子は、儒家者流なり。後世に『左』を非とし『左』を疑ふ者は、皆な儒家者流の見なり。孔門の議論に非ざるなり。
（春秋之義、左傳與孔門合、不可他求。如公・穀、儒家者流之言。如胡傳、無稽之臆説。春秋豈可以程頤餘論立私乎。宜稽之孔門、以知左傳之爲古義焉。孟子者、儒家者流也。後世非左疑左者、皆儒家者流之見也。非孔門之議論。）

はたして平賀中南と亀井父子を繫ぐものが有ったのであろうか。これまた今後に残された解決すべき問題である。

平賀中南略年譜

西暦	年号		中南		
1722	享保	七年	1歳	安藝豊田郡忠海に木原家（＝平賀）の九男として誕生	
1723		八	2		
1724		九	3		
1725		十	4		
1726		十一	5		山井鼎『七經孟子考文』刊
1727		十二	6		
1728		十三	7		荻生徂徠没（63歳）
1729		十四	8		
1730		十五	9		
1731		十六	10		荻生物觀『七經孟子考文補遺』刊
1732		十七	11		
1733		十八	12		
1734		十九	13		
1735		二十	14	土生家に養われる	
1736	元文	元	15		伊藤長胤没（67歳）
1737		二	16		
1738		三	17		
1739		四	18		
1740		五	19		
1741	寛保	元	20		
1742		二	21		
1743		三	22		亀井南冥生（～1814）
1744	延享	元	23		
1745		二	24		宇野明霞没（48歳）
1746		三	25		明・傅遜『春秋左傳註解辨誤』翻刻
1747		四	26	竹原の櫻井氏に娶る	太宰春臺没（68歳）
1748	寛延	元	27		
1749		二	28		
1750		三	29		
1751	宝暦	元	30		
1752		二	31		
1753		三	32		
1754		四	33		
1755		五	34		那波魯堂『春秋左氏傳』刊　**『經義考』**刊
1756		六	35		
1757		七	36		
1758		八	37	頼春水 三原に学ぶ　この頃復姓	
1759		九	38		岡白駒『春秋左氏傳觽』刊
1760		十	39		
1761		十一	40		
1762		十二	41	大潮元皓に謁す	**『經義考』一部八套**（拠『商船載來書目』）
1763		十三	42		
1764	明和	元	43	本郷に帰る	
1765		二	44	大坂に出る	明・傅遜『春秋左氏傳屬辭』翻刻
1766		三	45		明・郝敬『春秋非左』翻刻
1767		四	46		清・顧炎武『左傳杜解補正』翻刻
1768		五	47	京都に上る	明・郝敬『山草堂集』翻刻
1769		六	48		皆川淇園『左傳助字法』刊
1770		七	49		
1771		八	50		
1772	安永	元	51	青蓮院文学	
1773		二	52		
1774		三	53	大舎人　『世説新語補索解』刊行	
1775		四	54	**『春秋集箋』二冊**刊行	
1776		五	55		
1777		六	56		
1778		七	57	『學問捷徑』刊行	
1779		八	58		
1780		九	59		
1781	天明	元	60	『唐詩選夷考』刊行	湯浅常山没（74歳）
1782		二	61	大坂に開塾	
1783		三	62		
1784		四	63		
1785		五	64	『大學發蒙』刊行	
1786		六	65		
1787		七	66		
1788		八	67	江戸に招かる	
1789	寛政	元	68	大坂に帰る	
1890		二	69		
1791		三	70	**『春秋稽古』**脱稿	
1792		四	71	十月二十四日没	宇野明霞『左氏傳考』刊

附図　「春秋稽古」三葉（二松學舍大学附属図書館蔵本）

春秋稽古卷一

皇和　安藝　平賀晉民房父

經一

隱公

傳曰惠公元妃孟子孟子卒繼室以聲子生隱公宋武公生仲子仲子生而有文在其手曰爲魯夫人故仲子歸于我生桓公而惠公薨是以隱公立而奉之○晉民謂仲子爲夫人則桓公是適子自然宜立隱公庶出不可立然桓猶幼故權立而爲君奉桓爲大子以攝自居焉

元年春王正月　傳曰元年春王周正月不書卽位攝也○元首也正長也元年列國之所私正月非諸侯所得立故曰王正月

三月公及邾儀父盟于蔑　傳曰邾子克也未王命故不書爵曰儀父貴之也公攝位

單音善

背音佩

春秋稽古卷十六

皇和　安藝　平賀晉民房父 著

左氏傳第十二

成公上

元年春晉侯使瑕嘉平戎于王杜預曰平文十七年郯垂之役單襄公如晉拜成劉康公徼戎將遂伐之徼求也蓋戎聽平而來既成與晉使各返國既而使單公如晉拜成劉公如戎結和故曰徼戎劉公度戎無備將遂伐之叔服曰背盟而欺大國此必敗叔服從劉公而如戎故諫之背盟不祥欺大國不義神人弗助將何以勝不聽遂伐茅戎三月癸

春秋稽古卷三十九

皇和　安藝　平賀晉民房父

折衷五經四

昭公

元年叔孫豹會晉趙武楚公子圍齊國弱宋向戌衛齊惡陳公子招蔡公孫歸生鄭罕虎許人曹人于虢

杜預云招實陳侯母弟不稱弟者義与莊二十五年公子友同今讀舊書則楚當先晉而先書趙武者亦取宋盟貴武之信故尚之也衛在陳蔡上先至於會

折衷曰母弟未爲卿則稱弟如齊年鄭語是也已爲卿會盟使聘總稱公子此公子招是也若有事則稱弟以示義八年

あとがき

平賀中南は忘れられた経学者である。「学者も亦幸不幸ありといはねばならぬ」とは、郷土安藝国の偉人を顕彰するため、中南没して一百三十年後、独力私費を以て『經學者平賀晉民先生』を刊行された澤井常四郎氏の言葉である。筆者まことに不明にして、中南の郷里に近い広島大学文学部で学び、その後に教鞭を執ること二十余年になりながら、中国の経学研究に目を向けるばかりで、江戸時代の漢学者平賀中南の存在を全く知らなかったのである。澤井氏の労作にしてもまた然りであった。

さて西国伊豫国と安藝国とで六十余年を過ごしてきた筆者であるが、縁有って平成二十六年から、二松學舍大学に奉職することになり、ここで始めて平賀中南と『春秋稽古』の存在を知らされることになる。ご教示くださったのは本学国文学科の稲田篤信教授である。稲田教授が母校広島大学の同期生であったこともまた奇縁といわねばならない。

したがって筆者の平賀中南「春秋学」研究は緒についたばかりである。本学に『春秋稽古』の写本が部分的に存在していたこともあり（附図参照）、これを読み進めることからスタートし、やがて刊本『春秋集箋』両冊が、中南の生地に近い三原市立中央図書館に所蔵されていること等も明らかとなった。他の所蔵機関については未調査である。

ところで幸いなことに、本学が文部科学省の平成27年度「私立大学戦略的研究基盤形成支援事業」に申請していた研究プロジェクト「近代日本の「知」の形成と漢学」（代表研究者：町泉寿郎教授）が採択された結果、筆者は稲田教授とともに、学術研究班（主任：牧角悦子教授）に所属することになった。

そしてその事業の一環として「日本漢籍影印叢書」の企画が立ち上がり、その最初のものとして『春秋集箋』が選ばれたことは、まことに光栄の至りである。このたびの影印に際し、三原市立中央図書館におかれては、貴重な蔵書の貸出とその影印とを快諾してくださった。厚くお礼申し上げる次第である。

また日本漢学には素人である筆者に、平賀中南に関する資料調査のイロハからご教示くださった本学の稲田篤信教授、また『よしの冊子』を紹介してくださった本プロジェクトリーダーの町泉寿郎教授に心より感謝申し上げたい。

最後になって恐縮であるが、旧拙著『五経正義の研究』（一九九八）以来、売れない専門書を六冊まで出版していただいたうえに、このたびのさらに専門度を高めた本書の刊行に関し、種々にご配慮を辱うした研文出版社長山本實氏に対し、心より厚くお礼申し上げます。

これによって中南没後二百十余年、『經學者平賀晉民先生』刊行よりほぼ九十年、三たび平賀中南の経学の一端を世に問うことになった。平賀中南は決して忘れられるべき存在ではないことを確信しつつ。

平成二十八年八月

二松學舍大学特別招聘教授　野間　文史

近代日本漢籍影印叢書1

平賀中南『春秋集箋』

二〇一七年三月二八日第一版第一刷印刷
二〇一七年四月一〇日第一版第一刷発行

定価［本体九〇〇〇円＋税］

編者　野間文史
発行者　山本實
発行所　研文出版（山本書店出版部）
〒101−0051
東京都千代田区神田神保町二−七
TEL　03（3261）9337
FAX　03（3261）6276
印刷・製本　モリモト印刷

ISBN978-4-87636-421-3

近代日本漢籍影印叢書

第一回配本
9000円

1 平賀中南『春秋集箋』
島田重礼『篁村遺稿』三巻
井上　毅『梧陰存稿』二巻
岡松　辰『甕谷遺稿』
重野安繹『成斎文集』初集三巻・二集三巻『成斎遺稿』
中村正直（敬宇）『敬宇文集』六巻、『敬宇文』、『敬宇日乗』
三島　毅『中洲文稿』初集・二集・三集・四集
川田　剛『甕江文稿』
依田百川『学海遺稿』
国分青厓『詩　稿』
加藤虎之亮『日　記』
大原観山『蕉鹿窩遺稿』
山田　準『済斎文稿』

上製カバー装　研文出版刊